山並みの彼方へ

荻野敏文
OGINO TOSHIFUMI

幻冬舎MC

山並みの彼方へ

目次

第2章

青春の旅立ち　43

第3章

運命の分かれ道　63

第4章

事業への道　93

第5章 二つの会社を立ち上げる 127

第6章 家族や社員とともに 143

第7章 山並みの彼方へ 183

序章

谷川一郎の故郷

埼玉県熊谷地方

関東地方の中ほどに位置する埼玉県熊谷市。ここから北に向かって約3里。国道4号線上に妻沼《めぬま》という町がある。この町の北を流れる利根川を境に、南側は熊谷市、北側は群馬県太田市と分かれており、埼玉県側の一番北側に位置する所が妻沼である。この町はどこにでもあるただの田舎町。以前は大里郡妻沼町と呼ばれていたが、今は合併して熊谷市妻沼となっている。

この妻沼の長井の庄は、白髪を染めて出陣したという郷土の勇将、斎藤別当実盛公のゆかりの地であり、その実盛公が出陣の際に戦勝祈願を行ったと言われる聖天山《しょうでんざん》が町の中央に鎮座している。地域の人達は、ここを聖天様と呼んで故郷の誇りと崇拝して来た。神社の奥殿には、かの有名な彫刻家、左甚五郎の彫り物などが飾られ、国宝にも指定されている。春と秋の大祭には境内にたくさんの出店が立ち並び、近在からやって来る老若男女によって大層な賑わいとなる。

またこの地は、熊谷次郎直実公、畠山重忠公など、武勇の誉れ高い武将も多く、日本の女医第一号である荻野吟子はこの町の俵瀬地区の出身。日本資本主義の父と呼ばれ、新一万円札の顔となった渋沢栄一は、隣の深谷市の出身である。

谷川一郎は、その聖天様から北へ数百メートルほど入った利根川にほど近い、古い農家の一軒に生まれた。日本が太平洋戦争という大きな不幸に遭遇した翌年、昭和17年4月1日、谷川家の長男として産声を上げたのであった。

その頃の谷川家は、周囲を欅《けやき》の木などで囲んだ古めかしい農家で、屋敷の西側には大人が二人掛かりで抱えきれないほどの太い欅の木が立っており、谷川家の目印にもなっていた。

この地域は、荒川と利根川という2本の大河によって水利にも恵まれ、農業が盛んであった。これらの川の増水や堆積作用によってもたらされた肥沃な土壌は、キャベツなどの野菜の栽培に適し、都会に近いという立地の良さも手伝って、主に東京方面に出荷されていた。谷川家の周辺もほとんどの家が農業を営み、水田の裏作に小麦を栽培していた。その他、大麦、大豆等が栽培され、中でも小麦の取り入れは、梅雨の季節、水田に早苗が植え渡される前に実施され、風などにより倒れてしまった麦の刈り入れは通常と違い、その数倍の労力を必要とした。

そのために小麦を踏みつけて腰を強くし倒れるのを防ぐ、この地方の農家で古くから行われてきた「麦踏み」は、農民達にとって極めて重要な作業の一つとなっていた。冬から早春にかけて、農民達は春の日を惜しんでどの家でも一家総出で麦を踏む。雪こそ降らないが、上越国境から吹き下ろす風の冷たさは想像を超え、凍てつくような寒さだ。ゴーという不気味な音を立て吹き荒れる土砂混じりの風は、顔に当たると針で刺したように痛い。それを避けるために農民達は、一様に手拭いで頬被りをする。あちらでも、こちらでも、同じように頬被りをした人達が麦を踏む。

はるか西方に白銀の衣を纏った浅間山の秀麗な姿を望み、その北西には魔の山として有名な谷川連峰。さらに東北には群馬の名峰武尊山《ほたかやま》。その南は国定忠治でなじみの赤城山。こうした上越の山並みが白銀の化粧を凝らす頃、熊谷地方は冬の真っ只中。そんな時、子供達は、集落の至る所に高く積まれた稲藁、通称ワラボッチと呼ばれる「脱穀した稲藁を高く積み上げたもの」の中に逃げ込む。そこが子供達の遊び場となっていた。

熊谷市の周辺は、麦踏みの季節は赤城おろしという季節風の吹く時期に当たり、熊谷地方に春の到来を告げる前ぶれともなっていた。毎年1月から3月末にかけて、北関東の大地を土煙で覆い隠してしまうほど吹き荒れる風の強さは、大人でも立っていられないほどで、舞い上がる土煙によって家も田畑もすべて見えなくなってしまう。この地方では、その季節風を「空っ風」と呼んでいた。

田畑の畔道にフキノトウや土筆《つくし》が顔を出し、遥か上越国境の山頂に降り積もった雪がわずかずつ消えて行くと、凶暴な空っ風も日毎にその勢いが衰え、いずこへともなく消えて行くのであった。それに合わせたように、麦を踏む農民の姿も一人、二人と減って行き、やがて耕地一面は麦の青さに変わって、五月の空に鯉のぼりが泳ぐ頃には田の麦も肌色となって麦秋《ばくしゅう》の季節を迎える。こうして故郷、熊谷は一年で最も多忙な農繁期を迎えるのであった。

聖天様と熊谷地方の暮らし

上越の山並みの残雪が薄れゆくと、子供達が指折り数えて待った聖天山の春祭りがやって来る。この地方の子供達は幼い頃から多かれ少なかれ、聖天様とはなんらかの係わり合いを持って育って来た。境内を遊び場にして過ごして来た子供達。小学校に入学すると、道路一本隔てた東側に建っている校舎に通学する事になる。その子達は聖天様の境内を通り抜け、通学路として使用していた。子供達の多くは聖天様が名付け親であり、一月一日の初詣でには両親に手を引かれ、本殿に向かって手を合わせ、今年も無病息災でありますようにとお願いをし、新しい一年が始まってゆく。

新年のだるま市、節分、七五三の祝い、花祭り、そして春の大祭。それが過ぎれば七夕祭り、盆供養、境内の盆踊り。さらには、町の東方にあたる大杉神社の喧嘩神輿、次々にやって来る祭りや行事。子供達にとっては、待ちに待った季節である。

中でも子供達の最大の楽しみは、聖天様の春と秋の大祭で、その日が来るのを一日千秋の思いで待ち続ける。空っ風が吹き始める頃には、積み上げられたワラボッチの陰で寒風を避け、春の大祭がやって来るのを待つ。

　この地方の農家は、前年の秋に収穫した稲の藁を使って縄を編み、その縄で桑の樹を縛ったり、刈り入れした稲や麦を束ねたりして農作業に活用し、牛や馬など家畜のえさなどにも利用していた。そのために、脱穀した稲藁はワラボッチにして大切に保管していたのである。昔はカマスや蓆《むしろ》などを織って使用していたようだが、今ではさまざまな用具が開発されて、稲藁は使われなくなってしまった。当時の農村では、秋の取り入れを終えると、集落の周りにたくさんのワラボッチが作られ、それが子供達にとって風を避ける格好の遊び場となっていた。上毛の山並みの残雪が薄れ、田の麦が一面その青さを増すとさしもの空っ風も影を潜め、北関東の平野に春が到来する。

　坂東太郎の流れが奥利根の雪解け水を含んで、河原一面に勢いよく流れ下る頃、厳しかった極寒の日々を振り返り、今年も豊作でありますように、と聖天の森に両の手を合わせて豊作を願うのであった。境内にはたくさんの桜の老木が立ち並び、名物の空っ風が過ぎ去ると、待ちに待った春の祭りがやって来る。

近在の田畑の周辺では、土筆が顔を出し、タンポポなどの花々が咲き始め、それに合わせて境内の桜のつぼみが日毎に膨らんでゆく。桜の枝に早々にぼんぼりが飾られ、そこに明かりが灯されると、日没の鐘の音を合図に境内は夜桜見物の人々で賑わう。そんな人出を目当てに、数軒の夜店も出て、薄紅の春の夕闇はそぞろ歩く夜桜見物の人達を幻想的な影絵の世界へと誘う。

こうして花見の季節が訪れると同時に、恒例の聖天様の春祭りがやって来る。都会とはほど遠い関東平野の一隅、これといった娯楽は何一つない田舎町。都会の空気など触れた事もない子供達にとって聖天様の祭りこそがすべて。朝起きれば、目の前に広がる田園風景に延々と続く麦の畑。北には、果てしなく続く坂東太郎の長堤。毎日変わる事のない日常の風景。そうした大自然の中で育った子供達にとって、祭りは何よりの楽しみであった。また、祭りに集まる大勢の人達の服装や持ち物、あるいは会話などを通し、世間を知る唯一の機会でもあった。

待ちに待った祭りの当日、境内ではたくさんの子供達が人ごみの中を揉みくちゃにされながら、ずらりと並んだ出店を覗き込み、露天商の物売りの口上に聞きほれる。店先に並ぶ飴や菓子などを口に運びながら、時が過ぎるのを忘れて夢中で歩き回る。気がつけば早くも陽は西に傾き、混雑も瞬く間に減って境内の人影は一人、二人と、まるで引き潮のように消えて行く。子供達が指折り数えて待っていた祭りは瞬く間に終わりを告げ、静まり返った境内にそっと忍び寄る夕闇。あたりを見回せば、先刻まで一緒だった仲間の子供達もいつの間にかどこかに消えてしまい、残ったのは人々の残したごみの山と屋台の後始末をする露天商の人達が数人。境内はいつもの静けさだけが残った。だが、子供達の心は早くも次にやって来る祭りへと飛んでゆくのであった。

この地方は、聖天様の春の大祭が終わると、野も山も一斉にその緑を増し、近在の農家ではどの家でも養蚕の準備が始まる。家の中で空いている場所はすべて占領されて、家人の寝る場所もないほどお蚕で一杯になる。

子供達の寝ている枕元で、ボソボソと音をさせて桑の葉を食べるお蚕達。その音がうるさくて一晩中眠ることができない。ようやく音にも慣れた頃には、お蚕は回転まぶしという器具の中に入り、白い糸を吐きながら繭を作り始める。できた繭をごみや糸くずなどを取り除く器具にかけて出荷所に運び、納める。養蚕は農家にとって大切な収入源であり、どの家でもたくさんのお蚕を飼育する。

春、夏、秋、年に数回行われる養蚕。一回目の養蚕が終わると、息つく間もなく、麦の刈り入れ、田起こし、早苗の植え付けなど、この時期の農家はいくら体があっても足りないほど多忙を極める。一年を通して一番忙しい時期だ。牛や馬を使って行われる、早苗を植え渡す前の整地作業である。代掻きと呼ばれるこの作業が済むと、いずれの農家も田圃に出て、一家総出で早苗を植え渡す。子供や老人達もそれぞれの役割があって、太陽が地平線に沈み、手先が見えなくなるまで夢中で働く。

こうして農民達は、すべての農作業を終えるのに一カ月以上を費やす。その後、農休みと称する3〜4日の休息日を設け、その日ばかりは仕事を休んで、疲れた体を近くの温泉などで癒す。子供達も、わずかばかりのこづかい銭をもらって、近くの駄菓子屋へと急ぐ。その頃には鬱陶しい梅雨も明けて、遠い南国からの使者である燕が飛び交い、垣根の間に植えられたアジサイの花が一層際立って見える。山や川は陽光きらめく夏の到来と喜びに沸き立つところだが、一郎の故郷の熊谷は、灼熱の太陽が照りつける、日本一暑いと言われる厳しい夏へと向かう。

序章

谷川一郎の故郷

麦の刈り入れ、早苗の植え付け等、目の回るような忙しさの農繁期もようやく終わりを告げ、早苗を植え渡した田圃にカエルの鳴き声が響き渡る頃、熊谷地方は本格的な夏の到来となる。農家では息つく暇もなく、田植えが終われば農作業の中で一番過酷と言われる田の草取りが始まる。真夏の太陽の下、田圃の中を這いずり回り雑草を取る、何とも過酷な作業である。一日中這いずり回るので、腰が痛む。そこに容赦なく太陽が照りつける。朝から田の草取りに精を出す農夫の体を、汗が滝のように流れ落ちる。露出した肌に蚊や虻《あぶ》が止まり、血を吸ってゆく。それを追い払うのに手を上げると、田圃の土が体の至る所に付着して、泥まみれとなる。夏の農作業の中で、これほど過酷なものはない。夜になれば、陽に焼けた肌が痛い。その上、蚊や虻に刺された箇所が赤くはれ上がっている。たまらなくかゆい。風呂に入って、家族の者にかゆみ止めのクリームを塗ってもらうと何とか治まるのだが、蚊帳の中に入って寝ようとしても、蒸し暑い夏の夜、なかなか寝付くことができない。冷房という文明の利器など無縁の時代。どの家の人達も夜になるのを待って縁台など野外に並べ、蚊取り線香を焚いて、その上で団扇を片手に寝そべったり、腰をかけたり、思い思いの姿でくつろぐ。疲労困憊の毎日を送る農家の人達に許された、唯一の楽しみであった。

ところで、子供達にとって夏は楽しい祭りの季節。妻沼の町並みから東に向かい数キロのところにある、関東暴れ神輿で有名な大杉神社の夏祭りが開催される。

この祭りを迎える頃は、熊谷は夏の真っ盛り。照りつける太陽の下で、ふんどし姿の若い衆が神輿をざんぶりと大利根の流れに乗り入れ、もみ合う姿は壮観そのもの、大杉神社の祭礼が終わると、ご先祖の霊をお迎えして、小学校や公民館などの広場に盆踊りの輪ができる。利根川に架かる刀水橋の際には小屋が掛けられ、川施餓鬼供養の演芸会が催される。近郷からやって来る踊りや歌自慢の素人芸人の出演で演芸会は大盛況。河原には露店が並び、花火が打ち上げられ、大層な賑わいとなる。

また、お盆の期間は、聖天様の境内でも盆踊りが開催される。子供達は、踊りよりもずらりと並ぶ露店に興味を引かれるようで、かき氷やサイダーなどを販売する店の前は、子供達で人だかりができる。後日、食べ過ぎでお腹を壊す子供も出る始末だ。

こうして夢のように楽しい夏の日は瞬く間に過ぎて、子供達は残り少なくなった夏休みを惜しんで利根川で水遊びに興じる。そんな時に限って、思わぬ水の事故が起こるもの。一郎の同級生に島田君という仲良しの子がいたが、彼はその日、強烈な残暑に耐えることができず、利根川に水遊びに出掛けて行った。河原に着いた彼は、衣服を脱ぐのももどかしく、その場に脱ぎ捨てるようにして、ざぶんとばかり、そこに掘られていた砂利採取の穴の中に飛び込んでしまった。そして二度と浮かび上がる事はなかった。砂利採取の穴の中は水温が低く、心臓麻痺を起こしてしまったのである。仲間の子供達は訃報に接し、声を上げて泣いた。あの無邪気な彼の笑顔は、もう二度と見る事はできない。毎年夏の終わりを惜しんで子供達で賑わう利根川の河原は、いつもの年とは違い、遊ぶ子供達の数は例年の半分にも満たなかった。友達を失った悲しみは大きな傷跡となって子供達の心に残り、楽しいはずの夏休みは、忘れる事のできない、辛く悲しい夏休みとなってしまった。いつもの年ならば、盆踊りや大我井《おおがい》神社の火祭り、水遊び、たくさんの行事、それに宿題の整理。目の回るような忙しい夏休みの後半、子供達が河原に行く事はなくなり、島田君の霊に別れを告げ、アキアカネの飛び交う秋の季節へと向かうのだった。

熊谷地方の狂おしいほどの猛暑もようやく終わりを告げて、大利根の河原の一面にススキの穂が顔を出す季節。聖天山では、恒例の秋祭りが開催される。参道には大勢の参拝客が並び、竹で編んだかごや桶、瀬戸物、包丁、鋏、金魚、タコ焼き、焼きそば、植木に至るまで、ありとあらゆる出店が並ぶ。それを目当てに近郷から大勢の人々もやって来て、それは大層な賑わいである。大勢の客で賑わう出店の前は人垣ができて、参道は混み合い、参拝するのもひと苦労。こうして大盛況の祭りも、つるべ落としの秋の日が真っ赤な夕日となって西の空に沈み出すと、参拝に訪れた人も一人、二人と家路をたどり、さすがの大群衆もいつの間にか消え去って、祭りは終了に向かう。

聖天様の秋の祭りが終わると、近在の農村では申し合わせたように稲の取り入れが始まる。田圃の中では、豊かに実った黄金色の稲穂を次々に刈り取ってゆく人、その稲束を運ぶ人など、農民達が目まぐるしく働く。そんな田圃の畔道を、近くの年寄りや女子供達が手ぬぐいを縫い合わせて作った袋を下げて、イナゴ取りに熱中している。袋の中に取ったイナゴを入れて家に持ち帰り、羽をむしり、熱湯をかけてから甘辛く煮つける。カルシウムの補給には欠かせない栄養源だ。その頃になると、学校に持ってゆく弁当にもイナゴの煮つけが入っている事もあり、子供達にとってはなじみの深い食べ物であった。

稲の取り入れは半月もすると終わりを告げ、賑わった稲田の中も元の静けさに戻ってゆく。取り入れを終えた水田では、裏作である小麦の種が蒔かれており、しばらくするとそれが芽を出し、わずかずつではあるが、冬の陽に向かって背伸びをするように伸びて行く。やがてそれは少しずつ濃さを増し、一条の青い糸のように成長しながら春を待つ。そんな田の中を多くの渡り鳥の群れが、落ち穂を目当てにやってくる。北への渡りに必要な体力を養うために、たくさんの食物が必要なのであろう。カモやガンなど、さまざまな渡り鳥の群れで、田圃の中は一杯になる。

丁度その頃、村の至る所で十日夜《とおかんや》という行事が催される。脱穀した稲藁で縄を編み、その縄で稲藁の束を固く巻き、藁鉄砲と称する藁束を地面に向かって力いっぱい叩きつけることで地中にいる害獣のモグラを追い出す、この地方の農村に古くから伝わる行事である。子供達は数人の仲間とグループを作り、集落の中を十日夜、藁デッポウと叫びながら地面を叩いて回る。芯となる稲藁の中に里芋や八ツ頭の茎など、それぞれ思い思いの品を入れて縄で巻き、地面を叩く。誰の音が一番大きいか、その音を自慢し合う。毎年、稲の取り入れが済んだ農村で行われ、子供達にとっては楽しみの一つであった。また、その時期は「えびす講」と呼ばれる神事が執り行われ、豊作をもたらしてくれた恵比寿様の神前に新米とさんまを供えて、今年の収穫に感謝を申し上げる。こうして北関東の平野に藁デッポウの音がこだますると、この地方の子供達の一年は終わりを告げる。

雪こそ降らないが、赤城おろしの吹き荒れる熊谷地方の冬は厳しい。年が明けると、子供達は田圃の畔道にフキノトウやセリなどを摘む祖母の傍らで、タンポポの花や出たばかりの土筆を摘みながら、ワラボッチの陰に身を寄せ、赤城おろしの通りすぎるのを待つ。遠い上越の山並みに向かって、春よ来い、早く来いと歌いながら一日千秋の思いで春を待つ。

一郎の生家である谷川家は、関東平野の片隅で遠い昔から農民として変わらぬ暮らしを続けて来た。近くにある臨済宗の寺には、谷川家代々のご先祖様達が眠っており、墓石には新田支族と記されている。当主芳正は妻フジとの間に五人の子供がおり、一郎はその長男として生まれた。祖母の登美を筆頭に、芳正夫婦と子供、総勢八名が谷川家の家族として暮らしていた。こうした大自然の中で、一郎は元気に育ってゆくのであった。

第1章

苦難の少年時代

子供達の戦後

一郎達の過ごした少年時代は、日本が第二次世界大戦の敗戦国という大きな傷跡を背負って復興への道を歩いた苦難の時代であった。そのために当時の子供達の苦労は、想像を超えていた。

すべての物資は不足して食べる物さえ事欠く時代、子供達は少しでも家計の助けになればと、どんな事でも進んで手助けを買って出た。当時、今日のように公園や道路脇などで遊んでいるような子は一人も見当たらず、商人の家の子は家業の手伝い、勤め人の家の子は近くの工場や商店などにお願いして使い走りや荷物の運搬などを手伝い、女の子は掃除洗濯子守りなどをして、わずかなこづかい銭をもらい、それを家人に渡して家計の足しにしていたのである。

当時はすべての物が不足して難渋を極めたが、特に食べる物には苦労した。一郎は家が農家であったおかげで三度の食事も事欠かずに済んだが、今時の子供のようにお菓子などというものは見た事もなかった。口にできたのはジャガイモやサツマイモの蒸かしたものが主で、年に数回、神社の祭礼などで祖母や母が小麦粉で作ってくれたまんじゅうは何よりのご馳走であった。また、農繁期の節目にある「野上がり」と称した農民達の休日に作るおはぎは、家じゅうの子供達の奪い合いまで起こる始末で、翌日には食べ過ぎてお腹を壊し、学校を休んで父親にこっぴどく叱られたのも一度や二度ではなかった。

一郎は親もあきれるほどの大食漢で、そのためか体格は同年代の子供の中でも大きく、学校ではいつも最後尾に位置していた。両親はそれを見て、いかなる農作業の使役にも充分耐えられると思ったのか、学校から帰るのを待って、ありとあらゆる農作業に従事させた。

食べる物も着る物も、すべて欠乏していた時代。育ちざかりの子供達にとって遊ぶ事よりも食べ物を得る事が優先で、それゆえに子供達の遊びは食べ物を探す事であった。近くを流れる用水堀などは格好の遊び場で、その中でザリガニやタニシ、アカガエルやウシガエルを捕る。秋には稲田の畔道でバッタやイナゴを捕まえる。その他、家の庭に植えられた梅や杏子《あんず》、ナシやモモ、カキ、ブドウ、口に入る物は何でもござれと手当たり次第に口に運んだ。

学校が終わると、日が暮れるまで両親の手伝い。家に帰ると疲労困憊で勉強どころではない。夕飯を済ませると同時に布団に入るのさえもどかしく、後は泥のように眠るだけ。子供達はこうした環境の中で元気に成長して行った。

父親の芳正からは、「お前は谷川家の後を継ぐ身。一通りの農作業は身に付けておけ」と、事あるたびに口癖のように言い聞かされて育った。そのために、稲刈り、田植え、麦の刈り取り、田の草取り、ネギの土寄せなど、どんな農作業でもできない事はないと言えるほど鍛えられた。

しかし、いくら鍛えられたとはいえ、15～16歳の少年の身。関東平野に吹きすさぶ空っ風の中で行う農作業は、想像を絶する厳しいものであった。肌を刺すような寒風の中での作業は熾烈を極め、目から涙が流れ落ちる。その季節に行われる麦の間の土塊を打つ作業は、農具で土塊を打ち砕いて行く大変な作業。農具を握るその手は凍傷となり、血がにじむ。その手で力いっぱい農具を振り下ろして、土くれを粉砕する。農民達はこの作業を礫打《つぶてう》ちと呼んでいた。あかぎれやしもやけの手で農具を振り下ろすので、痛みは頭の芯まで響き、飛び上がるほどだった。何度か続けると、その衝撃で凍傷に罹った手に血がにじんでくる。血を手拭いで拭きながら作業を続けるのだが、極寒の中での作業は他にも数えきれないほどあった。それに農作業の辛さは冬だけではない。

それに勝るとも劣らない作業の一つに、照りつける真夏の太陽の下で這いつくばって雑草を取る田の草取りがある。腰が痛むのは勿論だが、手足に蛭や虻、蚊などが容赦なく取り付き、血を吸いに来る。夏の農作業の中でも、最も辛い仕事の一つだ。

一郎は、一人前の農民でさえも大変な農作業を毎日のように命じられ、悪戦苦闘。いかに大きな体をしているとはいえ、15～16歳の少年にとってはあまりにも過酷だった。ましてや、まだ遊びたい年頃の少年。農民として必要な作業を嫌というほど教え込まれ、いつの間にか一人前の農民として鍛えられていった。農業とはなんと単純で重労働、それでいて報われることの少ない、割に合わない職業だと考えるようになっていた。労多くして、報い少なしとはこの事だ。よし、それならば、いつの日か必ず魅力のある職業に変えてやる。それにはどうすればよいのか、あれこれと考えてみたが、これといった答えは浮かばない。そこで一郎は家庭科の先生に相談してみた。先生は、この町の先進的な農家では若い後継者達がキュウリやトマトなど、野菜の促成栽培に取り組み、新しい時代に合った農業を目指していると教えてくれた。そして、

「谷川君も最新の農業技術を学び、新しい時代の農業経営を目指したらどうかね」

と言ってくれた。そうか、自分が目指すべきは、新しい時代の農業経営だ。何とか目標が見えて来た。

「先生、ありがとうございます」

一郎は目の前が開けたような、晴れやかな気分になった。よし、農業の最新技術を身に付けるぞ。この頃はわずかではあるが農業の楽しさも分かって来たような気がしていた。麦も野菜も、作物はすべて水や肥料を与えて手をかけてさえやれば、必ず応える。それが農業の楽しさだ。

毎日学校から帰ると、食卓の蠅帳の中に大きなおにぎりが一つ、皿の上に置いてあり、その隣に漬物の入った皿が置いてある。脇に一枚の紙片が置かれてあり、母の筆跡で「おにぎりを食べたら草掻きと鍬を持って、芳の分の畑まで来い」と

書いてある。今日も相変わらず桑園の草取りだ。たまにはみんなと一緒に遊びたいなぁと思うのだが、一郎の手伝いを待っている母の事を考えると、それも言い出せなかった。

県北の熊谷地方は肥沃な土壌によって形成され、あらゆる作物の栽培に適していた。さらに消費地である都心に近いこともあって、どの農家も多忙を極め、猫の手も借りたいほどであった。無論子供達も、小さい頃から農作業の手伝いをさせられた。当時は人の力で行う作業がほとんどで、今のような近代的な農具や機械などはなく、朝早くから夜遅くまで、懸命に働くしかなかった。したがって子供達の手伝いも、当然のように計算に入っていたのである。

一郎を始め、この時代に育った子供達は、苦難の日々を送りながら成長していった。そんな子供達も、やがて小学校から中学校へと進み、高校進学の時期を迎えるに至った。一郎は、朝早くから夜遅くまで黙々と働き続ける父母の姿を幼い頃から見て育ったので、これが農家の日常であり、農民としての生活だと考えていた。果てしなく広がる関東平野の広大な大地の片隅で、自分も両親と同じように、農民の一人として土にまみれて生きて行く。それが、自分の決められた道だと考えていた。

　ところが少しずつ成長してゆくにつれ、そんな生き方に疑問を持つようになっていた。故郷の大自然の中で生きる事は不満ではないが、人の一生とは、ただ働くだけのものなのか。せっかく生まれて来たのに、そんな一生は送りたくない。夢に向かって思い切り生きてみたい。幼い頃、祖母と訪れた聖天様の春祭りで、露店に飾られた天狗の面を見て怖いと泣いていた、あの幼かった一郎少年は、今ではそんな人生を夢見るような年頃に成長していた。一度だけの人生。やり直しのできない人生。だからこそ、夢のある人生を精一杯生きてみたい。時は瞬く間に巡り、一郎は間もなく義務教育の九年間を終えようとしていた。

　中学も卒業が近くなるにつれ、生徒達は将来の進むべき進路を決定しなくてはならない極めて重要な時期に入る。進学する組、就職する組、家業を受け継ぐ組など、それぞれの進むべき道に向かって行動するようになる。当然一郎は、家業を継がなくてはならない身。だが、一郎には、子供の頃から大切に育てて来た一つの夢があった。幼い頃から着古した野良着に身を包み、汗まみれになって働く母フジの姿を見て育って来た一郎。この谷川の家に嫁いで数十年、まるで牛馬の如く、毎日働きづめの母。余りにも惨めなその姿を見るにつけ、身も心も凍る思いで過ごして来た。この悲しい現実から、何とか母を解放してあげたい。それが少年時代からの一郎の夢であった。それにはどうしたら良いのか、長い間考えて来たが、子供の一郎には考えつく事はできなかった。

ところが半年ほど前に、本屋で農業雑誌に目を通す機会があり、収入の安定を図るには高等園芸が有効だという記事が載っていたのを思い出した。それを覚えていた一郎は、「よし、これだ」と思った。以前、家庭科の先生からアドバイスをもらった新しい農業経営にも合致する。この高等園芸を経営の柱にして、農業の近代化を図る。そこに母を救う道があるはずだと考えた一郎は、わずかなこづかい銭を叩いて農業雑誌を買い漁った。

この町の農家は、米、麦を主体とした昔と変わらない姿の経営が大半を占めていたが、何軒か先進的な農家がある事を知った。その家は、野菜の促成栽培などを行っていた。ある時一郎は、その農家で見学させてもらう機会を得た。県立の農場で教育を受けたという若き経営者の話を聞いて、一郎はますます園芸の世界に興味を持ち、谷川家の農家としての未来を夢見るようになっていった。耕作面積などあらゆる角度から検討して、それが我が家の農家としての規模にも最適と考えたからである。それに、隣に東京という大きな消費地を控えているという事は、園芸農家にとって極めて魅力的という事になる。こうして高等園芸の分野に望みをかけた一郎は、農業高校に進学して、基礎技術を学びたいと考えていた。農業の近代化を図って行こう。長男の一郎がそんな夢を描いているなどとは、露ほども知らない父親の芳正。子供の頃から将来の夢など語り合ったこともない父と子であった。

はかなく消えた夢

悲劇は父の一言から始まった。日頃から高校への進学は反対されるという事を芳正の言動からそれとなく感じ取ってはいたが、進学の希望を学校に申告する日も迫っていたので、一郎は意を決して芳正に切り出した。

「家の手伝いも今以上に頑張るから、農学校に行かせてください。お願いします！」

懸命に頼み込む一郎に、芳正はたった一言伝えた。

「百姓に学問はいらない。技術の習得はどこにいてもできる」

谷川家では父親の指示は絶対であり、子供の意見など聞き入れてくれるような理解のある家ではなかった。一郎の夢は、この一言によってはかなく消えてしまった。


それから数日が過ぎた早春の夕暮れ、傷心の一郎は悲しみをこらえて利根川の堤の上に立った。とめどなく溢れる涙をこらえ、この先どうしたらよいのか途方に暮れる一郎。眼下を見渡せば、そこは谷川家のご先祖達が切り開いて来た沃野が広がっている。この大地で生きる事に誇りさえ感じていたのだが、祈るような思いで願い出た希望を瞬時に拒絶された一郎の心は、深い悲しみの底へと沈んでいった。何という事だ。これからも近在の農家と同じように、米と麦だけを作る、古い形の農業をやって行けというのか。それが悪いなどと言うつもりはないが、新しい時代に沿った形の農業を目指してなぜ悪いのか。経営を破綻させるような農業を目指しているわけではない。近年、農村の若い者が無謀な経営をして家を破滅させ、その挙句、農地まで手放し、都会に出て行ってしまうというような話も何度か聞いたことがあるが、自分はそんないい加減な事を考えているわけではない。どうして自分の息子が、そんなに信用できないのだ。やり直しの利かない一度だけの人生を、思い切り生きてみたいと思っているだけなのに。それに、谷川の家に嫁いで今日まで何の楽しみもなく、毎日奴隷のように働きづめの母を助けてあげたいと思うのは、息子として当然の事であろう。それがどうして悪いのか、親父殿、納得のいくように説明をしてくれ。一郎は父親から理解してもらえない虚しさが無性に悲しく、無念に思えてならなかった。

進学期も間近に控えて生徒達は多忙の日々を過ごしていた。一郎のクラスでも、大半の生徒達は進むべき道が決まり、その準備に大わらわ。一郎は進学の夢を断たれ、絶望の淵を彷徨いながら、奴隷のように働き続ける母を助ける事もできない自分が無性に情けなく、希望の高校に合格した事を喜び合う同級生達を尻目に傷心の日々を過ごしていた。

時は巡り、聖天様の境内に植えられた桜の花も咲き始め、春祭りも近づいたある日の事、一郎の友人の一人であるA君が、自宅を訪ねてきた。

「谷川、お前この頃元気がないけど、体の具合でも悪いのか。それに進学はどうしたんだ。農業高校に行かないのか」

詳しく事情を説明すると、A君は

「俺の家は、経済的な事情で進学はできないんだ。諦める事にしたよ」

と寂しそうに語った。一郎はそれ以前に友人からA君の家庭事情について聞かされており、承知していた。彼が幼い頃に父親は戦死し、残った母親が町の商店で働き、一家を支えていたのである。彼は母を助け、亡き父に代わって働くのだという。クラスの中でも成績優秀な彼が、一瞬、寂しそうな表情を見せたが、すぐに笑顔に戻って話を続けた。

「その代わり、定時制高校に通って働きながら学ぶ事にしたよ。お前も俺と一緒に熊谷高校の定時制に行こう。これからの時代を生きて行くには、学問が必要だ。まだ間に合うから願書を出して来いよ。いいか谷川、お前も必ず一緒に行こうぜ。約束だぞ!」

他にも、同じ中学校から数人の希望者もいるという。希望していた方向とは違ってしまったが、こうして一郎は友人の勧めによって、熊谷高校の定時制への進学を決意したのであった。

働きながら学ぶ

「百姓に学問など要らない」

この芳正の一言が、一郎の心を奈落の底へと突き落としてしまった。少年の頃から大自然が好きで、故郷の土地で生きる事に限りない喜びと誇りを感じていた一郎であったが、谷川家では父の一言は絶対であった。あまりにも惨めで、涙さえ出ない。農業高校に進学して必要な農業技術を身に付け、一人の農民としてこの地で生涯を終えるという一郎の少年時代からの夢は、はかなくも霧の彼方へと消えてしまった。

こうして一郎は、友人の誘いもあって、普通高校の夜間部に籍を置く事になった。

「人手不足の我が家の働き手となって谷川の家を支えろ。それがお前の使命だ。農業技術の習得など、やる気さえあればどこにいてもできる」

父の命令に、逆らう事はできなかった。こうして近代農業への夢は消え去ってしまった。

それからは毎朝、新しい学生服に身を包み、新しい自転車に跨り、一郎の家の前を颯爽と通学する高校生の姿を見ていた。鍬や鎌を片手に、毎日、野良仕事に向かう自分の姿と比較しては、あまりの違いに溢れる涙を必死で堪えた。目の前を通り過ぎる同世代の姿を、羨望の眼差しで見送る傷心の日々。一郎はその時、このままではいけない、気持ちを切り替えようと考え、農家の後継者としての道を黙々と歩み出した。

それ以来4年間、昼は農民、夜は学生としての道を必死で歩き続け、いつしか夢を絶たれた悲しみも忘れようとしていた。働きながら学ぶという事は、口で言うほど簡単ではない。いつも心の片隅にやりきれない空しさを抱きながら、空っ風の吹きすさぶ極寒の中を、また、炎天下の田の中を泥まみれになって這いずり回り、雑草を取る。過酷な田の草取りに精を出す。だが一郎は、農作業が辛いなどと考えた事はなかった。風の便りに聞く同窓生達の都会での生活も、一向にうらやましいと思った事もない。この関東平野の片隅に骨を埋める決心をしたこの身が、何をするでもなく、ただ無為に夢のない日々を送る事が無性に悲しかった。

農作業を終えると、一郎は急いで学生服に着替え、学校の始業時間に遅れまいと懸命に自転車のペダルを踏んで定時制高校への道を急ぐ。すると、全日制の生徒達が授業を終えて帰宅する。こちらは登校途中、朝、見かけた学生の集団とまたもやすれ違う。朝と晩、一日二回も顔を合わせる。そのたびに一郎は、惨めな思いを味わう事になる。別に悪い事をしているわけではないのだから、堂々と胸を張ろうと思うのだが、なぜか引け目を感じてしまう。こうした惨めな思いは、定時制高校に通う4年間続いた。

働きながら学ぶという事は、一言で言えないようなさまざまな苦労があったが、一番辛かったのは眠気と空腹であった。学校は午後5時40分に始まる。一日の労働を終えて学生達はそのまま登校してくるのだが、授業が終わる午後8時40分まで何も食べずに過ごす。それを聞いた町のパン屋が、それは気の毒だとパンの出張販売を申し出てくれた。学生達は手をたたき歓声を上げて、パン屋の厚意に感謝した。苦労をして過ごした4年間。冬の寒さの中、ストーブの上でするめやもちなど焼いて分け合って食べ、互いに励まし合って過ごして来た。しかし眠気だけはどうする事もできなかった。

そんな時、恩師の田中先生は

「自分のために学ぶのだから頑張るように。将来必ず、学んでおいてよかったと思う時が来る」

と励ましてくれた。

しかし中には、脱落して行く者もいた。こんな辛い思いをして勉強しても何の役にも立たないと言って、不良仲間に染まっていく者、学業についてこられない者、月謝の払えない者もいた。そんな生徒達の中でただ一人、向学心に燃えて頑張っている女生徒がいた。彼女の名は通称澄ちゃん。学業は優秀、真面目な性格で、クラスのアイドル的な存在。4年間頑張り通して見事卒業を迎えた。卒業式では、困難を乗り越えて学び続けた彼女の姿勢を、同窓生一同が万雷の拍手で称えた。

一郎に定時制高校で学ぶ事を勧めてくれた同窓生のA君は、立派な成績で卒業し、さらに近くの大学に籍を置き、勉学の道を歩むという。入学当時、惨めな思いに苛まれた一郎も、この4年間で全日制の高校では学ぶ事のできない貴重な体験ができたと考えるようになった。特に、社会における人間同士の信頼関係がいかに大切であるかを4年間で学ぶ事ができた。同窓生達も卒業を目前にして、入学時の姿とは打って変わり、一段とたくましさを増して一人前の社会人として変貌を遂げた。卒業式の当日、学生達は卒業証書を手に、それぞれ希望の道を目指し、大きく手を振りながら校門を出て行く。一郎は母校の正門に向かって、

「4年間、大変お世話になりました。ありがとうございます」

と大きな声で礼を言って深々と一礼。励まし合い共に学んだ学友達と大きく手を振って、それぞれの道へと別れて行った。

あいつらは、みんな頑張り屋だ。きっと立派な社会人となるだろう。今度会えるのはいつの事だろう。3年後か、いや、5年後かもしれない。俺も頑張るから、お前らも元気で頑張れよ。一郎は心の中でエールを送った。さらば学友達、幸運を祈る。この時一郎は19歳、昭和36年の春であった。

その数年後のある日、恩師である田中先生ご夫妻を招き、群馬県の谷川温泉で同窓会を開く事になった。先生は大層喜び、教師になって良かったとしみじみ語った。あの時の恩師の嬉しそうな笑顔は、忘れる事ができない。素晴らしい母校、素晴らしい恩師、そして素晴らしい学友達。一郎の生涯を通じての誇りである。

第2章

青春の旅立ち

家出

4年間、机を並べて勉強した仲間達とも別れて、一郎はしばらくの間、家業の農作業に従事しながら、ただ無為に毎日を過ごしていた。親しい仲間達とも別れたせいか、何をするにも心を集中する事ができない。空しさだけが残る。楽しい事や辛い事など、さまざまな思い出を数えきれないほど残して去って行った仲間達。一郎はポツンと一人取り残されたような、言いようのない寂しさに包まれた。

関東平野の片隅で、一人ぼっちになってしまった一郎。幼い頃から朝夕眺め続けて来た浅間の雄姿に向かい、夢をなくしたこれからの人生、どうしたらよいのか教えてくれと問いかけてみたが、返答はない。一郎は20歳の春を迎えていた。この大地の片隅でこのまま朽ち果てるのか、せっかくこの世に生まれて来たというのに。頑張って生きなければと思っているのだが、この先、進むべき方向が見いだせない。故郷の大地に生きる夢を無残にも打ち砕かれて、傷心の日々を送る一郎。学友とも別れて早や一年が経過していた。

それから2カ月ほど過ぎた麦秋のある日、「百姓に学問はいらない」と言う父芳正の一言に未来への夢を絶たれ、悲しみの淵を彷徨う一郎は、ここには俺の生きる道はないと思い詰めていた。新天地を求め、誰にも気づかれないように身の回りを整理して、家を出る決意をした。

空っ風の吹きすさぶ田圃の中で、小さな芽を冬の空に向けて生命を主張していたあの小さな麦達も、今では肌色に熟した穂が刈り入れの時を待っている。その真ん中を夕焼けに染まった一本の農道が続く。悲しいまでに美しい麦秋の農道を、友人のバイクに跨った馬鹿息子が疾走する。ついに一郎は家出をしてしまった。天地のすべてが希望に向かっているというのに、俺は一人ぼっちだ。空しさが胸の中を走り抜けて行く。父は自分の意見など聞いてはくれまい。このままでは俺の人生は終わってしまう。そう思い詰めた一郎の若さが暴発してしまった。なぜあの時、父と胸襟を開いて納得のいくまで話し合いをしなかったのか……。今となっては取り戻す事のできない父親との貴重な時間。一郎は人生の中で大切な時を失ってしまった。一郎にとって一生の不覚。血を分けた父と子なのに……。あの時の父の悲しみはいかばかりであったか、想像するたびに胸が痛む。82歳の今なら痛いほど分かる。子を持って初めて知る親の心とは、この事だ。

空しい日々

独りよがりの自分を反省する事もなく、激情に駆られて家を飛び出した一郎だったが、これと言って何の目標もなかった。その日を境に一郎の流転の日々が始まった。目標もなく生きる事がこれほど空しく、辛いものだとは思いもよらなかった。時は空しく過ぎ去り、来る日も来る日も眠れない夜が続いた。母はどう過ごしているだろうか。毎日、馬鹿息子の身を案じて泣いてはいまいか。弟や妹はどうしているだろうか。しばらくは友人の家などを泊まり歩き、日を送っていたが、そんな一郎を心配して友人の一人が住み込みの運転手の仕事を見つけてくれた。近くの工業団地の中の鉄鋼会社から出る鉄板の切れ端を車に積んで、東京都内にある精錬所に運ぶ仕事で、スコップで手積み、手降ろしの文字通りの肉体労働。仕事を終えると、運送会社の寮に帰って食事を済ませ、毎日泥のように寝るだけ。休日は近くの食堂でどんぶり飯を平らげて、一日寝て暮らす。これでは何のために家出までしたのか分からなかった。

そんな風来坊のような生活を続けながら、一郎は22歳の春を迎えようとしていた。こんなはずではなかった。夢をなくした男の青春は、たまらなく侘しいものであった。

珍しく早春の穏やかな日だった。いつもはふて寝の日曜日だが、久しぶりに町の中でも歩いてみるか、と好天に誘われて町に出た。今頃、父は春野菜の種でも蒔いているに相違ない。母は漬物でも仕込んでいるのかなぁ。屋敷裏のワラボッチは、今でも子供達の遊び場になっているのだろうか。そんな事を思いながらあてもなく町を彷徨っていると、いつの間にか駐在所の前に出た。その脇の掲示板に一枚のビラが貼ってある。何気なしにそれを見ると、警察官募集のビラだった。そのビラをしばらく眺めている一郎に、駐在所の中から一人の女性が出て来て声をかけた。

「あんた、健康そうだね。どう、警察官になってみない?」

見れば、女性は駐在所の奥さんのようだ。

「公務員はいいわよ。それに社会のために働くのは素晴らしい事よ。あなたにその気があるなら、受験に必要な事を説明してあげるよ」

と言う。こうして受験の日取りや会場の事など細かく教えてくれた。その時一郎は、掲示されていたポスターの一文に目を奪われた。

「地域の治安を守る」

この文章にどういうわけか一郎は、強く心惹かれるのを感じていた。

ようやく見つけた希望の道

考えてみれば、今日まで何一つ、人のために働くような事もなく、世間や両親に迷惑ばかりかけて生きて来た。社会のために役立つなど考えた事もなく、一郎はただ無為に日を送って来た。この世に人として生まれて来て、果たしてそれでよいのだろうか。よし、この辺で今までの考えを変えて、今日までお世話になった世の中に恩返しの真似事でもしてみるか。できるかどうかは分からないが、やってみるのも悪くはあるまい。治安を守る。なんと心ときめく言葉ではないか……。今の自分は、これから進むべき道さえ決めてない。これ以上、時を空しく過ごすことはできない。時間の浪費だ。自分の進むべき道はここにあるのかもしれない。単純な一郎は、警察官になろうと決心した。駐在所の掲示板に貼ってあった警察官募集のポスター。駐在所の奥さんに、採用試験について、詳細を教えてもらった。年の頃40代、優しそうな品の良い駐在所の奥さんは、丁寧に教えてくれた。

「健康そうだし、きっと立派な警察官になるわよ」

この一言に背中を押され、一郎は大宮の試験場に向かった。教えられた通りに試験会場に行き受験。結果が届くのを首を長くして待っていたが、運よく合格の通知を手にした時は天にも昇るような心地がして、心の中で万歳を叫んでいた。

早速、駐在所に知らせに行くと、すでに承知していた恰幅の良い駐在所のお巡りさんは「おめでとう。良かったなぁー。立派な警察官になってくれよ」と、一郎の肩を叩いて喜んでくれた。奥さんも出て来て「頑張りなさいよ」と激励してくれた。

その晩は、わずかばかりの所持金を叩いてビールを買い、下宿先で一人乾杯をして祝った。長い間、彷徨いながら探し続けた進むべき道。ようやく見つけることができた。これで憧れの警察官になる事ができる。どんなに険しい道が待っていようが必ず頑張って警察官になってやる、そう心に誓った。これで青春の空しさから解放される。一郎は、思わず故郷に向かって「やったぞー」と大きな声を上げた。

警察官拝命

埼玉県警察学校に入校を命じられ、一郎はときめく胸を押さえながら、桜の花咲く大宮市植竹町の埼玉県警察学校に入校を果たした。22歳の春の事であった。入校してすぐに渡された制服を着て、鏡の前で何度自分の姿を映した事か。長い間進むべき道を模索してきたが、何とか自分自身、納得のいく道を見つけることができた。これが今の自分だ。無性に嬉しく思えてならなかった。この姿を父母に見せてやりたい。家を出てから今日まで、夢のない傷心の日々を送って来たが、これで人生、希望に向かって生きて行く事ができそうだ。

「必ず頑張って、一人前の警察官になってみせる」

こうして一郎の希望に向かう充実した日々が始まった。

一年間の研修期間は厳しいものであったが、同期生達と語らい、勉強に、訓練にと汗を流し、楽しい日々を送る事ができた。日本国憲法を始め、刑法、刑事訴訟法、民法、交通法規など毎日の勉強は厳しいものであったが、一郎にとって今日までの人生で、これほどまでに生き甲斐を感じる事はなかったというほど充実した日々を送る事ができた。

一年間の研修期間の間に、大野、加美山、工藤、久保田、山崎など素晴らしい同期生達に恵まれ、この上ない幸福な時を過ごした。

警察学校初任科を卒業した同僚達は県本部の指示に従い、県下各地の警察署に配属された。一郎は27名の同僚と共に、県庁所在地の警察署に勤務を命じられた。竹で編んだ行李の中に身の回りの必要な品を詰め込んで、赴任して行った。赴任当時は何もかも初めての事。緊張の連続であったが、日を追うごとに慣れて行き、パトロールや交通整理、巡回連絡など、さまざまな仕事に情熱を傾け、充実した日々を送る事ができた。

赴任してから半年後、埼玉県警察職員柔剣道大会が開催された。小学校の頃から町道場で稽古を積んできたことが役立って、個人戦に出場した結果、一郎は柔道二段以下の部で運よく優勝することができた。その事が縁となって、県警本部機動隊に配置換えとなる。早速引っ越しの準備をして、大宮にある機動隊の隊舎に移り住み、機動隊員としての勤務に就く。勤務は今までと違い、ギャンブル場やデモの警備、歳末などの雑踏警備から暴力団の取り締まりなどさまざまで、地域の治安と安全を守る事に若き情熱を傾けた。

ところが2カ月ほどしたある日、所属の小隊長から呼ばれ、柔道の特連勤務を言い渡されたのである。当年24歳になったばかりの一郎は、県警のバスに乗り、毎日柔道一路。午前中は警視庁の道場で稽古を積み、午後は講道館または大学めぐり。文字通り柔道一路の日々を送る事になった。各県警には、柔道、剣道、拳銃など、国体や全日本、各署の指導者の育成などを目的に編成された組織があり、これを特別練習生、すなわち特練と称した。各県警の特練選手同士の対抗試合など頻繁に行われ、毎日厳しい練習が続けられた。警察官という人生の目標が定まった一郎は、これまでと違い、迷うことなく自分の好きな道を邁進することができた。長い間、不安な日々を送って来た一郎にとって、このような充実した日を送れる事は何よりの幸福と感じていた。その反面、無断で家を出て来た事は、父母に対し申し訳ないと後悔する事しきりで、朝に夕に、父母や弟、妹の顔が浮かび、自責の念にかられた。そんな時は、必ず一人前の警察官になって詫びに行くから、それまで待っていてくれと心の中で手を合わせて詫びた。

時は巡り、数年が過ぎて26歳の春を迎えたある日、一郎は隊舎の庭に咲いている満開の桜を眺めていた。故郷妻沼の聖天山境内の桜も、さぞ見事に咲いているだろうと思いを馳せていたところ、突然同僚がやって来て

「おーい谷川、分隊長が呼んでいるぞ」

と知らせてくれた。

見合い

何事だろうと急ぎ分隊長の部屋に行き、一郎はドアをノックした。

「三分隊、谷川巡査、入ります。要件を承ります」

と敬礼。すると分隊長は
「先刻お前の実家から電話があって、大事な話があるから一度家に帰って来いという事だった。今から休暇をやるから家に帰ってこい」

そう言ってニヤリと笑った。何事だろうと思ったが、考えている暇はない。

「分かりました。そうさせてもらいます」

敬礼をして、分隊長の部屋を退出した。家出同然で出て来たのに、警察官になって機動隊の宿舎にいる事を両親がどうやって突き止めたのか不思議だった。そういえば親父が親しくしていた駐在さんがいたなぁ。多分そこから居場所が分かったに相違ない。それにしても急に帰って来いとは、何事か起きたのだろうか。とにかく帰らなくてはなるまい。今更、なんと言って帰ればよいのだろうか。長い間、心配かけてすみませんと詫びる以外、他に方法はなさそうだ。今ここで心配していても仕方がない。急いで外泊届を提出し、帰宅する手続きを済ませて隊舎を出た。

列車に乗って約一時間、熊谷から太田行きのバスに乗って約30分、帰宅したのは午後3時を過ぎた頃だった。家を飛び出して以来、一度も帰った事のない生家だ。

20歳まで住んでいた我が家の前に立つと、懐かしさの余り胸が熱くなった。心臓が早鐘のように鳴っている。深呼吸をして周囲を見渡すと、前を流れる小川は清らかな水が流れ、家の周囲にある大きな欅の木も一郎が住んでいた頃と少しも変わった所はない。玄関の引戸を前に、しばし佇んでいると突然、戸が開いて父が出て来た。

「おー、来たなぁー。何をしているのだ。自分の家だろう。早く入ってこい」

帰る途中、列車の中で、何と言って親不孝を詫びようかと気を揉んでいたので、この一言を聞いた途端、張りつめた気持ちが一挙に吹き出し、両の目からどっと涙が流れ落ちた。

「お父さん、すみません」

それだけ言うのが精いっぱいで、後は言葉にならなかった。

「分かればよい。そんな事よりも早く家に入れ」

父親の寛大さに触れて、この時ほど無断で家を出てしまった愚かな自分が情けないと思った事はない。やっぱり親父にはかなわない。いかに意見の違いがあろうとも、無断で家を出て行った息子を何も言わずに許してくれた。恐る恐る家に上がった一郎に、父は黙ってマッチ箱を手渡した。それが何を意味するか、一郎にはすぐに理解できた。心配かけたご先祖様の仏前にお線香の一本も上げてお詫びをして来いということだな、と父の胸の内を読んだ。早速、正面の仏壇の前に座り、線香に火をつけ、ご位牌に手を合わせ、深々と頭を垂れた。気が付くと、いつのまにか周りには家族の顔が並び、父の後ろに隠れるように母の姿があった。

「連絡もしないですみません」

母は黙ってうなずき、酒の用意をしてくれた。久しぶりに父親と杯を交わし、今日までどれほど心配したか、との父の一言に、家族のありがたさが身に滲みて嬉しかった。

「お前が警察官になったのは以前から分かっていた。前任の駐在さんが知らせてくれたよ」

やっぱりそうだったのか。一郎は納得した。しかし一郎は、その時家出した訳を言い出せないでいた。父もその事は一言も触れなかった。男同士とはなんとぎこちないものか。

「お前を呼んだのは他でもない。結婚する気はないか」

突然の親父の問いかけに、呆気にとられて返答に窮していると、父のほうから話し始めた。

「仲人をしてくれる人がいてな。それで隊まで電話したというわけだ」

なるほど、そういう事だったのか、それで分隊長の微笑の訳が理解できた。

群馬県太田市の呑龍様の境内に、クマの檻《おり》があるそうだ。その前で明日10時の約束になっているから行ってこい、と机の引き出しを開けて一枚の写真を差し出した。その脇に一枚の便箋が置いてあり、本人の経歴等が女性らしいきれいな文字で書かれていた。当年23歳、勤め先は市役所の議会事務局と書いてある。それまで何も言わず聞いていた母が、突然、身を乗り出した。

「お前も26歳だ。嫁をもらわなくてはなるまい。見合いをしてみたらどうだ。いい娘じゃないか」

写真を見ながら一郎の顔を覗き込むようにそう言った。そういえば、いつの間にか26歳になってしまった。親父やおふくろには心配ばかり掛けて来た。この辺が年貢の納め時なのかもしれない。分かったよ。見合いをしてくるよ。こうして一郎は当日、クマの檻の前に行き、仲人に連れられた一人の女性を紹介された。清楚な感じの、どちらかと言えば小柄な彼女。

「栄子と申します。よろしくお願いします」

「はじめまして、谷川一郎です。よろしくお願いします」

どちらからともなく挨拶。仲人の勧めもあって食事でもしながら、という事になり、バスに乗って熊谷の街に出た。荒川の桜堤を散歩して、熊谷で唯一のデパート八木橋で食事。

「あなたは、どんな人生を望んでいますか」

栄子の問いかけに、一郎は
「平穏な人生よりも、夢と冒険を求めます」

と答えた。すると、彼女も即座に
「私も夢と冒険のある人生に同意です」

と答える。後で考えると、人生の大事を何と軽はずみな、と言われるかもしれないが、最初から意気投合した二人はその場で結婚の約束をしたのであった。それが縁となって、人生を共にする事になった二人。後悔する事もなくそう感じたのは、気の合った証拠であろうと勝手に決め込んでしまった。

その時一郎は、何を考えたのか、荒川の桜堤の上で背広姿のまま、空転を2回ほどやってのけた。なぜそんな事をしたのか、未だに分からないが、体が自然に動いたという他ない。ところがこれが見事に決まり、栄子は仰天。家に帰り、家人から「見合いの相手はどんな人か」と聞かれて「軽業師みたいな人」と答えて、後日大笑いとなった。

これまで共に人生を歩んできた二人だが、今でも物事をあまり深く考えない単純なところは出会いの頃と変わらない。平凡な人生よりも、夢と冒険を求めたのが二人の共通点だが、文字通り、幾多の試練を共に乗り越えて生きてきた。いかに辛く苦しい道であろうとも、手を取り合って生きて行こう。そう決心して、夢と冒険の人生に向かって希望の船出をしたのであった。

その時、一郎は26歳、栄子は24歳。結婚式を挙げた二人は、埼玉県の所沢市で新婚生活をスタートさせた。中富という地域に一戸建ての家を借りた。その周辺は一面の雑木林が広がる自然豊かな場所。時折、栄子は太田市の実家を恋しがったが、日が経つにつれ環境にも慣れて、近所の人達とも知り合いになり、平和な楽しい日々が続いた。

栄子の生まれ故郷である太田市の生家には、休日を利用して時折帰省していたが、今考えればそれが新婚旅行のようなものだった。一郎夫婦は、新婚旅行さえ行かなかった。真実を言えば、行かないのではなく、お金がなくて行けなかったのだ。一郎の独身時代は家出をして放浪の日々を送っていたので、金銭の貯えもなく、栄子には誠に申し訳ないと後悔していた。財産と言えば、父母からもらった健康な体だけであった。

年老いた両親

一郎夫婦は、その後、長男、長女を授かり、親子四人で平和な日々を送っていた。ところがある日、休日を利用して実家の畑仕事を手伝いに行くと、久しく見なかった両親の姿に驚きを隠せなかった。田の畔に悄然《しょうぜん》として佇む二人の姿。あんなに元気だった二人が、こんな風に年老いてしまうなんて。一郎に心配させまいと元気そうに振舞っているが、腰まで曲がって何とも痛々しい限りだ。この先、農作業を続けるのはどう見ても無理なような気がしてならない。何とも不安だ。両親の頭上を長い年月が通り過ぎて行った事は、紛れもない事実だ。頑固な父も、そして働き者の母も、昔とは違い、体まで小さくなってしまった。当時の農作業がいかに重労働であるか、骨身に滲みて知っている一郎にとって、年老いた両親が余りにも哀れに見えて、胸が締め付けられるような切ない気持ちになった。幸い弟夫婦が家を相続して引き継いでくれたので、安心して警察官の道を邁進できる。

実家を継いでくれた弟の次郎は、会社勤務の傍ら、父、母と嫁さんの四人で農業を頑張っている兼業農家である。父も母も農作業はそう長くはできまい。その間だけでも一生懸命に手助けしよう。今時の農業はすべて機械化され、一郎の少年の頃とは比較にならないほど楽になったが、当時の農作業は重労働そのもの。ましてや、後継者のいない精神的苦痛は、年老いた両親にはこの上なく辛かったに相違ない。長い間、苦労させてしまった。これもすべて、自分の不徳の致すところだ。これからは少しでも精神的な苦痛や農作業の辛さから解放してあげたい。残り少ない余生を幸福に送ってほしい。一郎は幸いな事に、子供の頃から農業が嫌いだなんて思った事はない。自分の代わりに谷川家の家督を受け継いでくれた弟に、少しでも手助けをしなくては、と週末などの休日を利用して一生懸命農作業の手伝いに通っていた。ところが、何が起こるか分からないのが世の中だ。ある日、とんでもない事が起こってしまった。

第3章

運命の分かれ道

弟が家を出る

一郎が生まれた谷川家も、弟が家督を受け継いで早くも11年の歳月が過ぎ去っていた。

そんなある日、弟の次郎が、突然一家四人で谷川家を出てしまったのである。驚きの余り、急ぎ実家に行って話を聞くと、父も母も落胆の余り憔悴しきっており、言葉を掛けるのも憚られた。詳しく話を聞く事もできなかったが、若い者と意見の食い違いがあったようだ。

「こんな事になるなら、子供なんか持たなければよかった」

涙ながらに語った母の一言が、一郎の心にグサリと突き刺さった。それは深い悲しみとなって、いつまでも消える事はなかった。

次郎は子供の頃から利発で、親の言う事はよく聞く子だった。父も「いや、確かにあいつは一郎とは違い、良く気が回り、人の気をそらさない子だった」と評した。

「そこへ行くとお前は、何をやっても不器用で、要領が悪い」

忘れ物は日常茶飯事、取り柄といえば、気の良い真っすぐな性格といったところか。

「総領の甚六とよく言ったものだ」

そう言って父は深いため息をついた。言われてみれば、学期末の成績を比べてみていつも父に叱られるのは決まって一郎の方であった。

次郎は高校を卒業した後、群馬県のある家電製造会社に就職し、係長になっていた。一郎が家を出てしまったので、次郎は谷川家の家督を継ぐことを了承。その後、結婚して二人の子供をもうけ、平和に暮らしていたというのだが、一郎自身、家出をして家族に心配をかけた過去があり、いまさら何も言う資格はない。そう思って父と母の二人をなだめて、この日は帰る事にした。それからしばらくの間、一郎は勤務に追われ、連絡を取ることもできず心配していた。ただ、父母から何も言ってこないので仲直りしたのかとばかり思っていたが、実は解決していないと言う。父も頑固だが、その子の次郎とて同じ事。頑固者の親子、何とも困ったものだ。

人の一生には、さまざまな事がある。しかし、親子喧嘩ほど馬鹿らしいものはない。血を分けた親と子だ。いい加減にしろと言いたい所だが、そういう自分も親にさんざん苦労させた過去があり、人の事をあれこれと言える立場ではない。長男の自分が家を出さえしなければ、こんな事にはなっていなかったかもしれない。

親子というものはうまく行っている時は良いが、逆を言えば親子だからこそ許せない事もある。人間関係とは、誠に難しいもの。こうして一郎の生家では、家の跡を継ぐ者がいなくなってしまった。農作業のほかに精神的な苦痛も重なり、両親とも瞬く間に年老いてしまった。農繁期には極力手伝いに回り、父母の負担を軽くするように心掛けて来たのだが、流石の父も時折、近くに建てた一郎の家にやって来て、

「お前が家を継いでくれないと谷川家が消滅してしまう。ご先祖様に顔向けができない」

と顔を合わせるたびに懇願するようになっていた。家を出た弟は、実家の跡を

継ぐ意思はないという。近くに住む叔父の正二郎を通し、父芳正が、確認を取っていた。

その言葉を聞いて、一郎は決心を固めた。谷川家のご先祖様が必死で守って来た家と田畑をこのまま放置する事はできない。遠い昔、ご先祖達が何代にも渡り、雨の日も風の日もひたすら木を切り、土地を耕し、あらゆる困難を克服して、子孫のためにと心血を注いで切り開いて来たこの大地を放置しておくわけには行くまい。だからといって警察官を辞めてしまうわけにはいかない。

しかし、年老いた両親が田畑で働く姿は見るに忍びない。自分さえ家出しなければこんな苦労をさせずに済んだものを、とんでもない事をしてしまった。胸が痛む。一郎は迷った。あっちを立てれば、こっちが立たず。散々迷った挙句、一郎は栄子に相談した。

「お父さんの意志に任せます。私達はついてゆくだけです」

散々迷った挙句、一郎は栄子の兄である公明にも相談した。義兄はたった一言、

「家に入りなさい」

と諭した。その時、中国の詩人李白の「将進酒」という詩の一節を思い出した。

中国の大河、黄河の水は、もとを正せば葉の上に落ちた一滴の露の集まり。
その小さな流れがいくつも集まって、やがて黄河という大河となる。
一度流れた黄河の水は、いかなる事があろうとも二度と元に戻らない。
今朝は、あの豊かな緑の黒髪も、夕べには、雪のように白くなってしまった。
それを、誰も、どうする事もできない。
「一度過ぎ去った時は、二度と元には戻らない」
李白は、この詩の中でそう教えている。

今、決断しなくては、生涯後悔する事になる。親不孝の償いをするには今を措いてあるまい。義兄の教えの通りだ。その晩ほとんど寝ずに考えた一郎は、数日後、隊へ退職願を提出した。それは、若き日の一郎が自分の不徳により家を飛び出して、両親には大変な苦労を掛けてしまったことへの償い。谷川の家を継ぐ事は、父母に対するせめてものお詫び、そう決心したのであった。好きで志願した警察官、弟が家督を継いでくれたおかげで心置きなくその任務に専念する事ができると考えていた矢先の事であった。

生家の近くにある臨済宗の寺には、谷川家のご先祖様が眠っている。その墓石に、新田支族と記されてある。そのご先祖様が子孫のために、血のような汗を流して切り開いてくれた土地を放置して、谷川家をこのまま終わらせるわけには行かない。ご先祖様の意思に背く事になる。開いた土地を守り受け継いで行く事は、子孫たる者の使命だ。

こうして再び、実家の農業を継ぐ事を決意した一郎の最初の一年は、瞬く間に過ぎた。父からもらった土地に家を建てて住んでいたが、その家を引き払い、実家に移り住む事になった。そして、埼北の大地の片隅で農業に明け暮れる、農民としての生活が始まった。今時の農業は当時とは違い、機械化によって信じられないほど楽になった。あの当時の農民にトラクターや田植え機など、近代的な農機具を使わせてあげたかったとしみじみ思う一郎であった。

同僚との別れ

昭和40年4月、埼玉県警32期生として拝命し、以来数百名の仲間達と共に大宮の警察学校で一年間、寝食を共にして来たが、その中で特別気の合う仲間達がいた。大野、加美山、工藤、久保田、山崎の面々。相談があるという一郎の電話で、五名は自宅のある所沢にやって来た。

同僚達は、一郎から突然、退職の話を切り出され、最初は冗談だろうと本気にしなかったが、話しているうちに事のなり行きを理解。夜を徹して語り合ったが、一郎の決心が本物と知った彼らは、最後に

「分かった。もう止めはしない。しかし、お前とは今後も兄弟同様の付き合いだぞ」

と念を押した。この時、一郎は胸が引き裂かれそうな思いがした。拝命以来、9年もの間、真の兄弟以上に心通じ合った同僚達。最後は手を握り合い、肩を抱き合って別れを惜しんだ。

それから数カ月。ご先祖様達が心血を注いで切り開いて来た大地を相手に、再び鍬を振るう一郎の姿があった。この大地に骨を埋めようと決めた一郎に、もう迷いはなかった。法の番人として世のために生きると誓い合った同期生や、機動隊の同僚達との別れは身を切るほど辛かったが、自らが決めた道、と悲しみを振

り払って別れを告げた。

それから数十年、一郎を加えた総勢六名の仲間は、時折会っては近況を語り合い、仲の良い親友として過ごしてきた。その後、一郎を除く五名の同期生達は、警察官としての職務を全うして定年退職を迎えた。一郎は、任務を果たして世のために尽くした彼らに心から敬意を表し、ご苦労様でした、とその労を讃えたのであった。

さらば親友

警察官の募集試験には新卒の高校生が多く、一郎のように実社会に出てから応募した者は少なかった。五人の親友達の中では、一郎と山崎が実社会で数年過ごした後に応募し、多少の社会経験を積んでいた。一郎と山崎は、警察官に応募した年齢もほとんど変わらなかった。仲間の同期生達は、山崎の事を親しみを込めて「山ちゃん」と呼んでいた。警察学校に入学した頃から気が合った仲間であり、特に一郎は栃木県の益子にある山ちゃんの実家に休日を利用してたびたび連れて行ってもらい、宿泊までさせてもらっていた。家族の人達の余りの親切に感激。家出して何年も家に帰っていない一郎は、望郷の念に堪え切れず思わず涙。息子から事情を聞いていた山崎家の両親は

「立派な警察官になって故郷の親を安心させなさい」

と何度も一郎に言い聞かせて、自分の子供のように接し可愛がってくれた。卒業後も益子に行き、山崎家の皆様の愛情に接するたびに、一郎はありがたさにそっと涙を拭きながら、熊谷に残した両親への親不孝を心の中で詫びた。山ちゃんは、家出して帰る所がない一郎を心配し、実家に連れて行ってくれたのである。

警察官としての基礎教育を受けて、二人は多くの仲間達と無事学校を卒業し、一人前の警察官として、各々指定の警察署に赴任した。その後数十年、彼らは県下の至る所で、交通や治安の維持に身を挺して働き、無事任務を全うし定年退職。悠々自適の余生を送っている。

五人の関係は何も変わる事がなく、警察を辞めて一般人となった一郎も含め、東松山の居酒屋ぼたんで時折酒を酌み交わし、変わりない友情に満足していた。

ところがある日、誰もが予想だにしなかった山ちゃんとの別れがやって来た。

山ちゃんは、認知症の症状が出ていた奥さんの看病をしながら自宅で暮らしていると聞いていた。ある日突然、一郎のもとに加美山から一本の電話が入った。山ちゃんが入院したというので詳しい話を聞いてみると、胃癌で胃を切除するらしい。状況はあまり良くないとの事だ。早速見舞いにと思ったが、落ち着くまでしばらくそっとしておいてほしいとご子息から連絡があった。五人の仲間達は気を揉んでいたが、一カ月もすると本人から電話があり、

「退院して元気になったからもう大丈夫だ」

という。これまでの話とあまりにも内容が違い過ぎるので戸惑いを感じたが、とにかく一度会ってみようという事になり、約束した日に五人連れ立って埼玉県鴻巣市にある彼の自宅に伺った。以前より痩せてはいたが、いつもの笑顔で迎えてくれた。元気な山ちゃんの姿を見て、これならば大丈夫と一同、胸をなでおろしたのだった。大変だったたね、と声をかけると、それほどでもないよ、と至って元気そうだ。奥さんはどこかに出掛けたのかと尋ねると、軽い認知症に罹って、自宅で静養するのに家人がいては互いに気を遣って大変だから施設に預けた、と尻上がりの栃木弁で説明してくれた。それを聞いて五人とも、そういう事かと納得。

近所に子供達もいるし、心配はいらないよという事なので、積もる話もあったが、長居をして病後の体に障ってはいけないと全員早々に退散した。

その後一年近く、仲間達が交代で見舞いに行き、その様子を全員に知らせ合うという状況が続いた。そのつど山ちゃんは至って元気で、本人の言うように回復に向かっているようだった。良かった、と仲間達は信じて疑わなかった。

木々の葉も色づき、秋も深まりゆくある日。山ちゃんから一郎に電話が入った。

「一ちゃん、変わりないかい」

「オース。変わりないよ。そちらはどうかね」

「元気だよー」

「それはよかった」

型通りの挨拶が済むと、

「一ちゃん、秋の紅葉も見頃だし、みんなで温泉にでも行きたいのだが、すまないが、どこか企画してくれないかなぁ」

山ちゃんからの誘いに、へぇー、あいつ、そんなに元気になって来たのか、それは良かった、と判断した一郎は、依頼を快諾した。

「よし、俺に任せろ。宿は一泊、それとも二泊かな、どちらでも取れるよ」

「いや、一泊でいいよ」

「了解」

こうして参加者全員の希望を聞き、近くの群馬県老神《おいがみ》温泉に宿を取った。帰りは山ちゃんの希望もあり、日光を見物する事にした。

当日は全員が一郎の家に集合。一郎の運転する自家用車に乗り換えて、妻の栄子が手を振って見送る中を一路、老神温泉に向かって出発した。忘れもしない令和元年10月の事であった。

関越道で群馬県の沼田インターチェンジまで来ると、山ちゃんが「一ちゃん、お前の会社の工場が見たい」と言うので案内する。そこから川場の道の駅に寄って、それぞれ家族への土産などを物色。午後5時少し前に旅館に到着。早速、全員、風呂に駆け込む。

午後6時30分、上州の名湯、老神の湯宿における待望の宴の始まりとなった。初任科当時の思い出話から始まり、家庭内での出来事や、挙句の果ては奥さんとの夫婦喧嘩の話にまで及ぶ大変な騒ぎで、心配していた山ちゃんはいつになく元気で酒もだいぶ進んでいるようだ。大丈夫か、と皆が気遣うと、大丈夫だと上機嫌。その事が一番気になっていた仲間達は、それは何より、と胸をなでおろした。仕事を持っている者もいるため、普段は一堂に会する機会もなかなかなく、久しぶりの宴会は大盛況。終了したのは、午後9時を30分ほど過ぎた頃であった。

この時一郎は、山ちゃんが発した一言が気になっていた。

「こうしてみんなと酒を酌み交わす事もできたし、これでもう思い残す事はない」

隣の席にいた加美山にその事を問いただすと

「山ちゃんは、久しぶりにみんなに会えたので、嬉しさの余り、そう言っただけだよ。アルコールが入ったので酔っているだけさ。これと言った意味はないよ」

ところが、その時の山ちゃんの横顔が妙に寂しそうだったのを一郎は見逃さなかった。

宴会も終わり、全員が寝静まるのを待って、一郎は隣に寝ていた加美山をそっと揺り動かして、再度、山ちゃんの事を聞いてみた。

「一ちゃん、後でゆっくり話すから、今日は寝ようぜ」

加美山は何事か知っているなと思ったが、そう言われては聞くわけにもいかず、一郎はそのまま布団の中にもぐりこんだ。気になってなかなか眠れなかったが、酒の酔いもあって、いつの間にか深い眠りの底に引き込まれていった。

翌朝、皆、何事もなかったように起きて顔を洗い、朝食の膳に着いた。山ちゃんは、みんなの湯呑茶碗にお茶を淹れている。朝、目が覚めたら聞いてみようと思っていたが、当人から、お茶が入ったよと言われて意表を突かれ、口まで出かかった言葉を咄嗟に飲み込んでしまった。ありがとうと礼を言い、山ちゃんが淹れてくれたお茶を飲みながら、五人は朝食を済ませ、宿を出た。

日光見物に出かけ、東照宮まで行くと、山ちゃんはたくさんのお守りを買い出した。

「そんなにたくさんのお守りをどうするの?」

と尋ねると、

「子供達や甥っ子、姪っ子、その他、大勢いるよー」

と、なんだか嬉しそうだ。そこで一郎は、気になっていた夕べの話の先を聞こうと、隣にいた加美山の袖を引いた。すると建物の脇に連れて行かれた一郎に、加美山の口からは衝撃の事実が告げられたのである。それを聞いた途端、一郎の頭の中は真っ白になった。

「山ちゃんは胃癌の末期で、余命いくばくもない」

無情にも医師からそう告げられたというのだ。それで友人達に別れを告げようと、一郎に旅の計画を頼んだという訳だ。それを聞いて、一郎は思わず絶句した。そんな馬鹿な話ってあるのだろうか。一郎の顔面から、血の気が失せて行くのが分かった。

「一ちゃん、この件はいかなる事があっても他言なきように。俺と一ちゃん以外、誰も知らないのだからな」

加美山は、そう言って念を押す事を忘れなかった。彼の話だと、この旅に出る数日前に山ちゃんが加美山のもとを訪れたという。

本人が打ち明けた事は、「みんなを悲しませたくない。最後は笑って別れたい」。

本人のたっての願いという事なので、一郎も何も言えなかった。

「黙っていて申し訳なかったが、本人が最後のお願いだから、というので言い出せなかった」

山ちゃんと一郎は、特に仲良しだった。

「一ちゃんが落胆するのを分かっていたので、言う事ができなかった。許してくれ」

その時一郎は、あまりの衝撃に言葉を失ってしまった。あの時、宴席で思い残す事はないと言ったのはそういう事だったのか。そういえば、彼の後ろ姿はあまりにも寂しそうだった。日光の神社で甥や姪にお守りを買っていたのも、そういう事か。彼らしいやり方だ。心臓が大きく波打って気が動転しそうだ。一郎は、流れ落ちる涙を皆に気づかれないように拭いた。

自宅に戻った一郎は、その晩、布団に入っても眠る事ができなかった。山ちゃんは普段から細かな気遣いをする男だが、なんという事だ。

その後、数日が過ぎた頃、山崎家から訃報が届いた。友人達は一目でいいから最後の別れをと願ったが、家族葬との事でそれも叶わなかった。それに納骨された寺さえ分からないという。変わりゆく世の中。皆、茫然として声もなく、ありし日の山ちゃんの姿を偲んだ。

それから2年ほど経過した初秋のある日。やりきれない思いで日々を送っていた一郎の元に、親友の加美山から電話が入った。山ちゃんの墓が判明したという知らせだった。

「一ちゃん、やっと山ちゃんが眠っている寺が分かった。墓参りに行こうよ」

一郎は胸のつかえが一気にとれたような気がした。流石は加美山だ。あらゆる手を尽くして調べてくれたようだ。一郎は早速、加美山と連れ立って、益子にある寺に花と山崎の好きだった日本酒を持参して墓前を訪れた。住職に挨拶して墓を教えてもらい、最期の別れができなかった事を心の中で詫びた。墓地の中央に立つ「山崎家代々之墓」と刻まれた墓に手を合わせて、冥福を祈った。この墓は、山ちゃんの父親の本家の墓だという事らしい。眼下には益子の広大な田畑が一望できる見晴らしの良い場所にある。一郎は、山ちゃんに語りかけた。

「山ちゃん、やっと会うことができたな。ご住職から聞いたが、山ちゃんの墓ができるまで御本家のお墓に入っていたそうだね。遅くなってごめんよ。それにしても、なぜこんなに早く逝ってしまったのだ。逝くのが早すぎるぞ」

そう言ったきり、後の言葉が出てこない。しばらくしてから、墓に向かって話を続けた。

「山ちゃん、まだやり残したことがあるので、当分の間はこっちにいるから、あまり早く呼ばないでくれよ」

そう言って、山崎の眠る寺を後にした。

一郎は初任科時代、山崎の生家のある益子の家に宿泊させてもらい、山ちゃんの父親と三人で酒を酌み交わし、大変楽しい時を過ごした事を忘れた事はない。今でもあの尻上がりの栃木弁を懐かしく思い出す。

山ちゃんの墓をお参りした帰り、益子から真岡市に抜ける道路を走りながら、その道路の端に大黒様を祭ってある大前《おおさき》神社の前を通過した。山ちゃんと共に、一人前の警察官になれますように、と神殿に手を合わせて願い事をしたのを懐かしく思い出しながら、加美山と二人、真岡市内を走り抜けた。

「義理人情に厚い、侍の国日本」と言われた時代は、遠い過去の事。義理も人情も紙のように薄くなった昨今。植竹の初任科以来、60年の長きに渡り、親身も及ばぬ付き合いを深めてきた五人の親友達。特に、一番年長の一郎の健康を案じて、時折、自宅を訪れる加美山、久保田。久保田に至っては、手作りのお守りまで持参してくれる。素晴らしい友人に恵まれ、これ以上の幸福はないと感謝する一郎である。山ちゃんも空の上で仲良くやっているなと喜んでくれているだろう。一郎と加美山は、山ちゃんの墓をお参りした後、東松山のぼたんで仲間達に報告をして、安らかに眠れ、と全員で同期の桜と機動隊の歌を熱唱して散会した。

工場長との出会い

父芳正の要望もあり、実家の跡を継ぐ事になった一郎は、故郷の大地に戻っていた。これまで農家の暮らしは重労働で過酷な日々の連続で、老人や子供達にとっては大変な時代だったが、その後、さまざまな農機具の開発により、過酷な重労働から解放されていった。そのおかげで農村の生活は、昔のように働くだけの生活ではなく、旅行や趣味を楽しめる、ゆとりのある生活へと変化を遂げて行った。

特に近頃の農作業は、トラクターや稲刈り機などを使って行う新しい農法に変わり、一郎が少年だった頃とは大違い。辛い農作業から解き放たれていった。農機具の発達は我が国の農業に大きな変化を与え、農村の生活に新風を吹き込んだのである。

一郎はこんな農家の暮らしを、年老いた母のフジに体験させてやりたかった。どんなにか喜んだに相違ないと、しみじみと思うのであった。農作業は機械化され、以前とは比較にならないほど楽にはなったが、トラクターなど高価な機械を買わなくてはならず、燃料代も馬鹿にならない。さまざまな出費が増えて、経費は増加の一途。農業の収入だけでは家計のやりくりが大変だ。それに両親と一郎夫婦、食べ盛りの子供が三人、合計七人の家族構成。何か良い副業のようなものはないか、弟の次郎に相談した。

「アジア電気に出入りしている非鉄金属販売会社のB物産という会社がある。そこで倉庫管理の人間を募集しているので、面接してみたらどうかなあ。もしその気があるなら、所長とゴルフ仲間だから、聞いてみてもいいよ」

「でも、経験のない俺に、そんな仕事、できるだろうか」

「そんな難しい仕事ではないよ。一度、面接を受けてみたら?」

次郎からの勧めで、面接をする事になった。すると、即座に採用決定。物流倉庫に入出庫する製品の管理が主な業務である。銅、アルミなどの非鉄金属を運転者の隣に乗って、得意先まで納品してほしいという事だった。慣れるためにも一日も早い方がいいというB物産の所長の申し出でもあり、数日後から出勤することになった。最初は慣れない仕事に戸惑ったが、所長をはじめ担当者も事細かに指導してくれた。一郎も必死になって努力した甲斐もあって、製品の名前も覚え、得意先の住所や会社名、納品場所など、必要な知識を少しずつ身に付けて何とか仕事を理解できるようになった。これなら何とかなりそうだ。以前は兼業など考えられなかったが、今では農業の機械化が進んだおかげで充分可能だ。それに家族を養って行かなくてはならない。生活費も嵩む一方だ。何とかしなくては、とあれこれ思案した結果、一郎は兼業農家としての道を歩くことを決意した。

兼業農家となる

銅パイプやアルミのコイルなど、アジア電気の下請け企業を対象に非鉄金属を販売するB物産で納品業務に明け暮れる毎日が始まった。初めての仕事で、慣れるのには一年近い歳月を要したが、その間、さまざまな事を経験した。

ある日、B物産の得意先である赤城工業という会社に配達に行くと、事務所から出てきた石井工場長が話があるというので、事務所の片隅の椅子に腰かけて待っていた。

「あんたはB物産の社員さんだね」

「はい、そうです」

「いつもうちの資材置き場を清掃してくれているのは、あんたかね」

「はい、そうですが……」

「いつか礼を言わなければと思っていたのだが、なかなか忙しくてねぇ。どうだね、中に入って、お茶でも飲まないか」

恰幅の良い工場長は貫録充分。一郎を促すように部屋の中に入っていった。

「ありがとうございます」

恐る恐る事務所に入ると、応接室に通され、工場長は女子社員にコーヒーをお出しするように、と指示。その後、工場長の意外な話に、一郎は驚くと同時に戸惑いを感じた。

椅子に掛けると、早速工場長に
「あんたは感心な人だね。いつも配達の時にお得意先の資材置き場の清掃をしているのかね」

と聞かれた。

「時間に余裕がある時にはそう心掛けていますが」

と答えると、その後、氏名、年齢など、一郎自身の事を聞かれた。最後に今の会社の勤続年数を聞かれ、何のためにそんなことを聞くのかと思っていると、突然工場長が
「どうだね、今の会社を辞めて、うちの会社に勤めないか」

と言い出した。これにはさすがの一郎も驚愕した。事もあろうに、今の勤め先を辞めて、うちの会社に勤めてくれなんて、工場長の大胆な勧誘に度肝を抜かれたが、その事が後々、一郎の将来に大きな影響を与える事になろうとは、一郎自身、知る由もなかった。工場長の話を聞いているうちに、これは困った事になったと思った。今の勤め先は弟に世話してもらった手前もあり、勝手な返事はできない。どうしたものか。返事に窮していると、工場長は一郎の持参した納品伝票の配達人と記された欄を食い入るように見入っていたが、突然顔を上げて一郎の顔を覗き込むようにして質問した。

「妙な事を聞くようだけど、あんたはうちの会社がお世話になっているアジア電

気の資材課係長さんと関係があるのかね。お宅と同じ名字なのだがねぇ。谷川係長に関係のある人ではないだろうねぇ」

工場長の突然の指摘に、流石の一郎も言葉に詰まった。すると、察しの早い工場長は図星だ！と言わんばかりに

「やっぱりそうか」

と言って、畳み掛けるように一郎の顔を覗き込んだ。

「谷川さん、あんたは谷川係長とはどんな関係なの」

そう言われて一郎は、そこまでお見通しとあれば致し方がない、こちらの負けだ、これ以上隠すこともできまい、と観念せざるを得なかった。

「実は工場長のおっしゃる通り、谷川は私の弟です」

それ見ろ、俺の睨んだ通りだと言わんばかりに、工場長は大きくうなずいた。

「うちの会社は、大半が谷川係長のところから発注される部品を製造している会社で、係長にはえらくお世話になっているんだ」

と嬉しそうに話し始めた。話し好きな工場長、次から次へと話は尽きそうもない。いずれにしても、このままだと今日の配達先を回る事ができなくなる。

「すみません、工場長。まだ今日の配達が残っていますので」

と一郎が立ち上がった。

「引き留めてしまって、すまなかったね。さっきの件、考えてくれないか」

「分かりました。ただ、私の一存では何とも言えません。弟にも相談の上、お返事申し上げます」

そう言って、事務所の外まで送ってくれた工場長に深々と一礼した。

急いでトラックに戻り、次の配達先に向かったが、これは妙な事になって来たなと戸惑った。勤め先から得意先の工場に資材の納品に伺うのが仕事なのだが、その時期はどの工場も生産に追われ、資材置き場の整理整頓までは手が回らない。それを見かねて、ほんの少し掃除の真似事をしただけなのに、こんなに喜んでもらえるなんて。勤務を終えて自宅に帰り、早速弟に電話して、今日の出来事を話した。

「先ほど係長の兄さんが来ましたよ、と早速俺のところにも石井工場長から知らせが来たよ。あの会社は業績も良く、うちとは仕事上の関係が深い会社だ。工場長は協力会の役員も引き受けてくれている、人柄の良い人格者だよ。係長のお兄さんが、もし独立したいという考えがあるなら、うちの会社から運送の仕事を出してもいいよと言っていたぞ」

本当か。あまり熱心に「うちの会社に来ないか」と言うものだから、とっさに適当な返事をしておけばよいだろうと「独立して事業をやってみたい」と心にもない事を言ってしまった。なるほど、そういう事だったのか。

「でも兄貴、それは願ってもない話じゃないのか。そんな機会、めったにないぜ。これからは農家の収入だけでは生活するのも大変だ。考えてみたらどうだ」

実家で11年間、サラリーマンと農業の兼業を経験して来た弟だけに、現実味がある。

「そうだなぁ、考えてみるよ」

「そうなれば俺も、応援ができるぜ」

弟の一言が、一郎の心を動かした。彼の管轄する協力会社は数十社に上る。一郎が勤務しているB物産は、そのほとんどの会社に出入りがあり、それらの会社がどんな製品を手掛けているか、あるいはどんな資材を必要としているのか、これまでの業務でおおよその理解はできていた。それだけに、仕事もやりやすい。その中にあるいくつかの企業を紹介してもらえれば、独立は可能だ。

考えてみると、長い間、行くべき道を求めて彷徨い続けて来たが、この辺で腰を据えて人生を賭けるに値する仕事を定めなくてはならない。若い頃から関東平野の大自然を相手に生きて行こうと心に決めていたが、どこでどう迷ったのか、知らぬ間に迷路に入り込んでしまったようだ。一郎にとって農業は、今でも嫌いな職業ではないが、農業だけで暮らしてゆくとなると、谷川家の耕作面積では充分とはいえない。このまま兼業農家で行くか、それとも高度な農業技術を取り入れた専業農家に転換するか。しかし、専業農家として生きるには、技術の習得や準備が必要だ。そう思うと、今日まで農業を離れて暮らしたことが惜しまれてならないが、過ぎてしまった事を悔やんでみても仕方がない。それよりも貴重な人生、迷っている余裕はない。うっかりしていると、人生の折り返し点に到達してしまう。よし、この辺で腹を決めるとするか。座して死を待つよりは、明日に向かって生きてみよう。そう決意したのは昭和49年、一郎32歳、深まり行く秋の日の事であった。栄子の言う、あの山の向こうに待っているものは何か、それを確かめてみるのも楽しかろう。今なら応援してくれる方もいる。それに、弟の応援も期待できそうだ。このまま朽ち果てるよりも、明日に向かって生きてみよう。それが、人生を前向きに生きるという事だろう。そう心に決める一郎であった。

第4章

事業への道

独立を決意

工場長や弟の勧めもあって、事業の道を進むことに決心を固めたのは、一郎にとって目標のない人生がいかに空しいものかという事を痛感したからであった。翌日、仕事を終えてから石井工場長に電話し、日頃お世話になっているお礼を申し上げ、昨日の話の続きを聞きたいとお願いすると、石井工場長は快く了承してくれた。

工場長の話だと、今まで取引していた運送会社があったが、人手不足で困っている時にその運送会社の運転手が失敗ばかり繰り返した。納品先を間違える程度ならまだしも、事故を起こして製品を破損して納期に間に合わず、納入先のお得意様から大目玉。こんなことを何度も繰り返していると、取り返しのつかない事になる。あんたがうちへ納品に来て、資材置き場の清掃をしてくれているのを見て、この人ならばきっと責任もって仕事をしてくれるだろうと考えて声をかけたのだが、係長の兄さんとは、こんな嬉しい事はない。うちにとっては願ったり叶ったりだ。その時一郎は、工場長の話し方や態度から、大きな人間的魅力を感じていた。こんな人と一緒に仕事ができたらいいなぁと一瞬、脳裏をよぎったが、お礼だけ申し上げてその場を離れた。

人生の転機とは意外な事で起こるものだ。一郎は、得意先の資材置き場の清掃から始まった出来事がこんな話に発展するとは、思ってもみなかった。なんと不思議な事があるものだ。予想外の展開に、何か不思議な力にでも導かれているような、そんな気がしてならなかった。

その後、工場長の力添えをいただきながら準備を進め、大利根陸運有限会社を設立。物流業界への第一歩を踏み出す事になった。昭和50年1月20日、一郎33歳の年であった。

運輸業の認可申請や会社の設立登記など多忙を極めたが、そのつど、事細かに指導してくれる工場長との運命的な出会いは、何にも増してありがたく、社会における人間同士の係わり合いの大切さを改めて痛感させられたのであった。

空腹の中で眠気と闘い、働きながら学ぶという苦難の道を歩いて来た定時制高校生の時代。仲間達と共に励まし合って過ごしたその体験を通し、世の中は人々が助け合い、協力し合って生きるために人との係わり合いが、いかに大切であるかという事を知った。工場長のような素晴らしい方に巡り合えた幸運も、ほんの少し、気遣いした事が機縁となった。いつの日か自分も、工場長のように世の人々に感謝されるような人間になりたい。恩師が教えてくれた、人のためになれる人間になれという事は、工場長のような人の事をいうのであろう。一郎は、高校時代の恩師である田中先生の言葉を思い出した。

吹き荒れる空っ風の中を、寒さと空腹に耐えながら机に向かう。また、猛暑で名高い熊谷の夏を、暑さに堪え、眠さをこらえて、頑張った学びの日々は無駄ではなかった。先生が教えてくれたような立派な人間像には及ばないが、いつの日にか近づけるよう生きて行きたい。そう思うだけで、一郎は晴れやかな気分になった。考えもしなかったような事から独立の話が進んだ。瓢箪から駒とはこんな事をいうのかと驚くと同時に、この幸運を与えてくれた工場長にありがとうございます、頑張って成功させます、と胸の中で手を合わせて感謝するのであった。

開業資金

このまま幸運が続けば、人生、これほど楽な事はない。なんともありがたい話だが、世の中、そんな甘いものではない。工場長の厚意により独立の話はスムーズに進んで行ったのだが、考えてみたら肝心の開業資金がない。独立のための資金がなければ、話にならない。人間、いかに優秀な技術を持っていようが、頭脳を持っていようが、資金がなくては何もできない。ましてや開業など到底無理な話だ。一郎はこの時ほど、自分が情けない人間だと思った事はなかった。

一郎自身、まさか事業の世界に足を踏み入れるなどとは夢にも考えてはいなかったが、さりとて、この年になっても一文の貯金すらない自分の経済観念のなさが悔やまれてならなかった。人生は何が起こるか分からない。そんな日のために、日々備えなくてはいけない。この先、自身の人生をどのようにして生きて行くのか、それすら考えもしなかった不甲斐ない自分に、ただ呆れるばかり。我ながら情けない。これでは総領の甚六と父親から酷評されても致し方ない。これを機に、自分の馬鹿さ加減を嫌というほど思い知る事になってしまった。降って湧いたような幸運な話に、自分にも運が向いてきたなどと有頂天になっていた自分はなんとおめでたい人間なのか、情けないにもほどがある。事業には開業資金が必要なことは、どんな人間でも知っている。そんな事も分からずに、幸運が舞い込んだなどと手放しで喜んでいた馬鹿な男、それがこの俺だ。穴があったら入りたいくらいだ。これでは肝心なトラックを購入する事もできない。

ありとあらゆる方法を考えてみたが、ない袖は振れない。銀行はもちろんの事、何の資産もなく、保証人もいない男に金を貸してくれる物好きな人間はどこを見てもいるはずがない。万策尽きてもはやこれまで。やっぱり自分には、事業などというものはできそうもないと、諦めかけていたその時だった。

妻の栄子が、突然、一郎に向かって一通の預金通帳を差し出した。

「お父さん。これは私が高校卒業後、市役所に勤務していただいた給料を母が貯金してくれたものです。あなたのところへ嫁いで来る時に、何かの時に役立てるようにと持たせてくれたのです。これを使ってください」

これを聞いた一郎は、驚きの余り言葉が出てこない。彼女が差し出した通張には、小型トラックを一台買えるだけの金額が記入されていた。胸の奥から熱いものが込み上げてきた。この時ばかりは一郎も、溢れる涙を手の甲で拭いて「すまない」と妻に礼を言うのが精一杯。ありがたさに、一郎はいかなる事があろうとも必ず事業を成功させて、報いなくてはならないと固く心に誓い、預金通帳を押しいただくように受け取った。こうして一郎は、妻の貯金を基に、何とか開業にこぎつける事ができたのであった。

無謀極まりない一人の男が始めた文無し事業の行き着く先は、当然、資金不足である。世の中、何を始めるにも、元手となる軍資金がない事には何も始まらない。やる気だけでは、どうにもできない。金になる事は何でもやりたいが、さりとて、人の物を盗んだり、人をだましたり、いわゆる法に触れるような行為だけはできない。そのために気の遠くなるような回り道をしなくてはならなかった。ないのは、金だけではない。事業の経験も知識も、何もない。こんな手合いを、世間では無手勝流というらしいが、夫婦は無我夢中。儲かると思えば、手当たり次第にやってみた。こんな事なら、事業などやるべきではなかった。何度そう思ったか分からない。運送業の仕事一つ取っても、開業するには揃えなくてはならないものがたくさんある。困り果てた一郎は、仕方なく父の芳正を訪ね、資金を貸してくれるように頼んだ。ところが父の返事は冷たいもので、いとも簡単に断られてしまった。

「お前達に貸す金はない。親子で野垂れ死にする覚悟でやれ」

あまりの冷たい仕打ちに逆上した一郎は、父親と口論になってしまった。後日、病床にあった芳正は、のんきな一郎の性格を読んで、奮起を促そうと言ったのだ、と釈明したが、当時の一郎には、この上なく冷たい仕打ちに思えてならなかった。そんな時、いつも窮地を救ってくれたのは、妻の栄子であった。

窮地を救った妻の協力

「お父さん、少しなら都合がつけられるからこれを使ってください。お父さんのお役に立てて良かった」

そう言って喜ぶ妻の横顔を見て、一郎は妻のありがたさを痛感した。両親や子供達は当然の事、会社の資金繰りのすべてを背負い、まるで独楽鼠《こまねずみ》のような働きぶり。偶然とはいえ、事業の世界に踏み込んだ一郎のために、貧困会社の経理を担当するという泥沼に踏み込む事になってしまった妻の栄子。世の中には大変な事は山ほどあるが、資金のない会社のやりくりほど大変な事はない。それでも愚痴一つこぼさずに頑張っている栄子に、一郎は心の底から感謝した。

その反面、貯えもない自分自身の至らなさをこの時ほど痛切に感じた事はなかった。会社創立の資金さえもなく、栄子の貯金でその第一歩を踏み出す事ができた一郎は、情けない自分の姿を恥じると共に、いかなる事があろうとも必ず成功させて妻の苦労に報いなくてはならないと固く心に誓った。

吹けば飛ぶような零細企業、どちらを向いてもないものだらけ。人手不足は当然の事、一郎自身も、ハンドルを握って千葉や山梨などに配達に出る事は毎日のように続いた。そんな時、栄子は助手席に乗って荷の積み下ろしを手伝い、子供を運転席と助手席の間に乗せて、子守りをしながら大奮闘。その後、一郎が配達に出る事がなくなると、今度は経理を一手に引き受けて、これに専念。借金は速やかに返済する事、担保はできるだけ早く抜く事、法に触れるような違法行為は一切やらぬ事など、国税上席調査官の兄の教えを忠実に実行した。中古で買った軽自動車「スバル３６０」の後部座席に子供達を乗せて、銀行、経理事務所、陸運局など、息つく間もなく走り回った。小柄な体の中に、どうしてあんな力が秘められているのか、獅子奮迅の働きぶりを茫然として見つめる一郎であった。

敗戦後の日本も人々の必死の努力によって復興の兆しが見え、少しずつ豊かさを取り戻していった。復興してゆく国の経済を支えるために、国民は総力を挙げて働いた。どの家庭でも、人々は身を粉にして働き、母親も子供の養育と亭主の世話だけしていれば世渡りできる時代ではなかった。ましてや、戦後の復興を成し遂げた世の中は明るい兆しが見え始めたとはいえ、創立したばかりの貧しい会社経営。三人の子供を引き連れて孤軍奮闘。毎日出社して経理を担当するだけでなく、家庭の雑務に至るまですべてを背負って独楽鼠のように働く姿は、誰でもそう簡単に真似のできる事ではない。流石の一郎も、この女房殿には頭が上がらない。あの頃を思い出すたびに目頭が熱くなる。

こうしてひたすら働き続けた栄子の献身的な努力のおかげで、確実に会社の財務状況は好転していった。それを見ていた近所の人達の中には、始めた事業がうまく行ったからといって贅沢をしているととんでもない事になる、事業はいつもうまく行くとは限らない、そのうちきっと大変な事になる、そんな悪口を言いふらす人もいた。それを聞いた栄子は、ご親切にありがとうございます、と笑いながら答えた。今も二つの会社の経理担当としてその重責を担って出勤してゆく。それを見た一郎が、これ以上の勤務は大変だろうと、経理以外の仕事は他の者に任せるようにと助言したが、当人は頑として聞く耳を持たない。

「仕事は、私の人生です。これが私の生き甲斐です」

そこまで言われては、止めるわけにもいかない。一郎は栄子の体を心配して、せめて家事や外の清掃などは手伝いをしてくれる人が必要と判断し、家事の手助けをお願いしている。お手伝いさんまで頼んで贅沢をしている、とそう見えるのであろう。世の中にはそんな余計なお世話まで焼いてくれる人もいる。

二人は、親が残してくれた土地や財産を使って事業を始めたわけではない。世間には陰口をたたく人もいるけれど、ゼロからの出発で必死に働かなければ生きて来られなかったのである。越えて来た幾多の苦難は、誰にも分からない。毎日寝ても覚めても、貧乏会社をどうしたら発展させる事ができるか、どこかに営業に結びつくような話はないか、あらゆる場所を訪ね歩いた。どんな話でも仕事に結びつくものがあれば必ず行って確かめ、近くは無論、名古屋や大阪、遠くは東北や九州まで足を運び、営業してきた。一郎はそうする事が、ひたすら働き続ける妻への当然の義務だと考えていた。子供達もすくすくと育ち、そんな母の背中を見て成長したからか、いつの間にか母親に感謝するようになっていた。苦難の日々を過ごしていたが、そんな子供達に励まされ、わずかずつではあるが事業は好転して行った。振り返れば長く苦しい道程であったが、二人は自棄になったり、絶望的に考えたりする事はなかった。明日は何とかなる、とひたすら希望に向かって歩き続けて来た。

若かりし頃、クマの檻の前で見合いをして、平穏な人生よりも夢と冒険のある人生を歩きたいと意気投合した二人だが、顧みれば毎日が苦難の連続。けれども、辛いとか悲しいとか考えた事はない。いつの日にか必ずや天が味方をしてくれる日がやって来るに相違ない。二人はそう考えて疑わなかった。子供達も進んで協力し、貧しいながらも楽しい日々を送っていた。その甲斐あって会社も何とか発展を続け、気が付けば念願の大目標に達することができた。あの時の極貧の世界から抜け出す事ができたのは、栄子の献身的な努力があればこそ、とその後姿に向かって手を合わせて感謝する一郎であった。

小さな出発

思いもよらぬ事から事業の道に一歩を踏み出した一郎だったが、経営と無縁の世界で過ごして来ただけに、何をどうしたらよいのか、まるで見当すらつかなかった。ところが、それを見ていた弟の次郎や石井工場長が、早速救いの手を差し伸べてくれた。

弟の口利きで、今まで勤務していたB物産の貨物のすべてを任せてもらえる事になり、二重の喜びに沸いた。当然トラックも2台ほど増車して、合計3台。従業員も二名採用、幸先の良いスタートを切ることができた。その後、石井工場長も得意先を紹介してくれ、着実に得意先は増加。運輸業の第一歩を踏み出す事ができたのであった。

その10年後には、トラックの保有台数も20台を数え、従業員も二十名となった。昭和50年の1月に設立した大利根陸運有限会社は、その後もひたすら努力を続け、昭和62年に社名を変更。大利根陸運株式会社として、本格的な運輸業として名乗りを上げたのである。

一郎は、刻々と変わりゆく我が身の運命に驚きを隠せなかった。農業からトラックの運転手、工員、そして警察官。もう一度農業に戻り、今度は小さな運送業の会社を経営することになった。俺は一体どこへ向かおうとしているのか。自分自身、戸惑いを感じずにはいられなかった。だからといって、ここまで来たからには後戻りはできない。どこに向かって行こうが運命に身を任せ、流れ着いた場所に根を張ってしっかりと生きてやるぞ、と一郎は固く心に決めていた。

しかし開業すれば、やらなければならない事は山ほどある。設立したものの、何をどうすればよいのか皆目見当もつかなかった。

中でも一番苦労したのは、資金繰りとお得意様の獲得だった。資金繰りは妻の栄子に頑張ってもらい、営業は一郎自らが行うことにした。会社を何とかしなければと、毎日足を棒のようにして歩き回った。しかし、いくら歩いてもそう簡単に得意先が開拓できる訳がない。無情にも時は容赦なく流れ、瞬く間に5年という月日が経過した。

ある日、得意先を訪ねた帰りにタクシーに乗車した。その時、料金メーターにある「実車」と書かれた文字盤に目が留まった。そうか、お客さんが乗ればメーターが作動して料金が加算される。すなわち実車という事になる。その瞬間、一郎の頭の中にある事がひらめいた。トラックも同じ理屈が通用するのだ。

トラックは配達先に積み荷を降ろしてしまえば、帰りは空車だ。空車で走っていたのでは売り上げにならない。空車をなくして荷物を積んでいる状態を多くすることが、売り上げの増加である。こんな簡単な事がどうして分からなかったのか。売り上げを増加させることは実車率を向上させることだ。目から鱗の落ちる思いの一郎は、早速実行に移そうとしたが、事はそう簡単には運ばない。それには大きな難題があった。帰りの荷物がいつも帰路に沿った方向にあればよいのだが、そう都合よくはいかない。帰りの荷はあるが、方向が違っていたり、積載できない貨物であったり、そううまくはいかない。そこで試行錯誤を重ねた結果、お得意先である荷主の方々にお願いして原料の仕入れ先や製造した製品の納品先など教えてもらった。その中で返り荷として利用できそうな方向、荷姿、数量、重量等を検討したうえで運賃交渉を行い、いくつか商談も成立。わずかずつではあるが、売り上げの向上に繋げていった。貨物を積まなければ、運賃をいただく事はできない。当然の事である。空車をなくすには、あらゆる方面へ向かう貨物を持っている荷主を確保する事が不可欠だ。簡単に聞こえるが、名もない弱小企業にとってはそう容易な事ではない。営業が得意な部下でもいれば話は別だが、頼りになるような優秀な営業マンなど、貧乏会社に入社してくれるはずもない。それに雇い入れる金もない。ならば自社で育てる他あるまい。ところが、貧乏会社に社員を育てている時間的余裕などある訳がない。残された道は、ただ一つ。経営者自身が足を棒にしてひたすら営業するのみである。昨日は東、今日は西、ありとあらゆる方向へ、いかなる小さな情報でも仕事の匂いがするものはどこにでも行き確かめる。こうした努力をひたすら続けて来た。ない物だらけの出発。あるのは健康な体と、必ず成功するぞという意志だけであった。だからといって、当たり構わず歩いてみたところで、そう簡単にうまく行くわけがない。得意先の開拓がこれほどまでに大変であるとは、営業経験のない一郎には知る由もなかった。来る日も来る日も辛い日々が続いたが、このままでは、工場長や日頃応援してくれるお得意先の期待に応える事はできない。それに家族の生活も支えなくてはならない。どんな小さな情報でも無駄にすることなく足を運び、営業に繋げる努力を惜しまなかった。

その甲斐あって、少しずつではあったが、何とか実車率も向上してきた。そんな一郎を見て、

「社長は、毎日お酒を飲んで、おいしいものを食べ、辛い仕事は、うちの主人ばかり」

と愚痴をこぼす役員の奥方もいる。それを聞いて一郎は、世の中どうしてこうも理屈の分からない人ばかりいるのだろう、とがっかりした。自分の夫が頑張っていれば、社長が身を粉にして営業する事もないのに、と無性に腹が立ったが、そんな事が分からない者を相手にしても仕方がない。今は我慢の時。なんと言われようが、事業の発展に向け頑張る以外ない。一郎は自分の心にそう言い聞かせて、今宵もまた疲れた体に鞭打って、お得意先の接待にと繰り出してゆくのであった。

見事に的中した予言

世の中には、いくら考えても分からない不思議な事がある。あれは一郎が小学校の5年生の時、一郎の未来をピタリと言い当てた人がいた。

同級生の一人にC君という子がいた。彼とは小学校の入学時から中学卒業までの9年間、一緒に過ごして来た。学業優秀な彼は中学卒業後、地元の高校に進学。その後、大学の教育学部を経て教員となった。

一郎が53歳の時、同級生が経営する市内の割烹で中学時代の同窓会が開催された。その席でC君が一郎に向かって、

「谷川君、俺達の子供の頃、不思議な事があったのを覚えているかね」

と話しかけて来た。それは二人が小学校5年生の頃で随分と古い話だが、とC君は前置きをして話し始めた。

「当時、この辺りの小学校で、講演をして回っていた女性がいたのを覚えているかね」

講演をしてくれたその人は、50歳前後の女性で、当時の妻沼小学校の校長先生が
「こちらにおられるのは、ある施設の所長をされている先生です。これから皆さんのためになるお話をしてくれますからよく聞いてください」

と紹介。さらに、

「この先生は占いもなさる人で、よく当たる事でも有名な方です」

と教えてくれた。校長先生が、児童施設の所長さんといったような記憶があるのだが、何十年も前の事だから名前までは覚えていないとC君は言った。

「あの時の話を覚えているかね」

「そんな古い、子供の頃の話は覚えていないなぁ」

一郎がそう答えると
「講演の内容は忘れてしまったが、講演後に二人で校庭の隅で遊んでいると、そこに講演してくれた先生がやって来て、僕に向かって『君は将来、学校の先生になるよ』と言ったんだ」

とC君は教えてくれた。

「そして谷川君には『運送会社の経営者になる』と」

不思議に思ったC君は女性に尋ねた。

「どうしてそんな事が分かるのですか」

「二人の後ろに未来の姿が見えるのよ」

と事もなげに言ったそうだ。

数十年も前の話で、簡単に思い出す事はできなかったが、一つだけ思い当たる事があった。ある日、学校から帰った一郎が、母と交わした会話を覚えていた。一郎が学校での出来事を母に話したところ、お前はからかわれたのだろうと言って、取り合ってくれなかったのを思い出した。その時、一郎自身も
「俺は谷川家の長男として、家業の農業を受け継がなければならない。そんなはずがない」

と先生の予言を否定。そのことすら、いつのまにか忘れていた。自分の言う事を信じてくれない母への不満と共に、胸の奥底に眠っていたあの日の出来事。数十年後の同窓会でC君から切り出されて、かすかな記憶をまさぐるように探し、やっと思い出すことができた。事細かく記憶していたC君にもっと詳しく聞いて

おけばよかったものを、残念な事に彼は数年前に他界してしまい、話を聞く事はできない。二人共、言われた通りにC君は立派な教師となり、一郎は運送会社を経営している。いくら考えても不思議でならない。一郎自身も、かすかな記憶の中で、母との会話を記憶していたが、同窓会の席上でC君に教えてもらわなければ思い出すこともなかった。それにしても、どうして分かったのか。余りの不思議さに二人で首をかしげたのを、覚えている。世の中には不思議な事があるものだ。

偉大なる兄の遺訓

群馬県太田市。この町は、古戦場として名高い神奈川県の稲村ケ崎で、海中に黄金の太刀を投げ入れ、海水が引いて兵を進める事ができるように海神様に願って見事勝利を手にした名将、新田義貞公のふるさとである。

町のほぼ中央には、初代新田義重公が建立した大光院という寺が建っており、その初代院主は戦災や飢饉等によって身よりをなくした子供や恵まれない子供達を引き取り、育て上げた事で有名な呑龍上人《どんりゅうしょうにん》である。松が多く、特に大光院の周囲には、手入れされた見事な赤松が今もたくさん植えられている。その裏山には金山城が建てられていたが、現在は城址公園という市民の憩いの場となっており、城跡からは北の方向に渡良瀬川の清流を望むことができる。渡良瀬川の北にあるのが、織物で有名な桐生市である。

太田市の中心から西に数キロ行ったところに別所という町があり、そこには、新田氏歴代の墓がある円福寺がある。太田市は歴史の遺跡も多く、新田氏が兵を挙げたという生品《いくしな》神社も、ここから数キロほど北に行ったところにある。この地域は新田一族にゆかりの深い土地柄である。

栄子の生まれた家は、事業とはまるで縁のない家系。全員公務員という家族の中で生まれ育った。帝国海軍の軍人であった父は、海軍少佐としてサイパン島で戦死。兄の公明は、国税庁に勤務する国家公務員。兄嫁の貞子は、中学校の教員。栄子本人は高校を卒業後、市役所の議会事務局勤務。甥も同じく、市役所勤務。文字通り公務員一家の家庭で育った栄子は、ある日、母の知り合いの紹介で、クマの檻の前で見合いすることになった。幼い頃から、平凡な人生よりも、夢と冒険を求めて生きて行きたいという彼女は、見合いの相手である谷川一郎と意気投合、結婚する事になった。栄子の実家では、文無し男に大事な娘を嫁がせる事になろうとは、思いもよらぬ事であったに相違ない。

谷川家のたっての要望により、妻沼に帰った一郎は、芳正にもらった唯一の財産である120坪の土地を担保に家を建て、そこに生活の基盤を置いて悪戦苦闘の毎日。そんな妹夫婦を優しく見守ってくれた偉大なる兄、公明。栄子の実兄である。

公明は、神奈川県横須賀市で生まれ、父親の跡を継いで軍人になろうと考えていたようだ。父親から厳しい教育を受けて育った公明は、海軍兵学校への最短距離だと言われていた横須賀中学に見事合格。ところが入学して間もなく終戦となり、南方で戦死した父親の故郷である群馬県太田市に母と共に引き揚げてきた。学校も地元の旧制太田中学校に転校したのち、同校を卒業。父親の意志を受け継ぎ、御国のために働きたいと、国税局法人税統括国税調査官として勤務していた。母のお腹の中で父の戦死を知った妹の栄子。父の顔さえ知らない妹を不憫に思い、父親代わりに惜しみない愛情を注いで育ててくれた優しい兄。その最愛の妹は、小さな事業を営む男の妻となって悪戦苦闘していた。妹夫婦のために、ありとあらゆる知識を伝授し、あらゆる支援を惜しまなかった兄。その兄の教えは、借金は一日も早く返済する事。担保は一日も早く抜き、経営を身軽にしておく事。違法行為は絶対にしない事。利益も、借金も、転がってゆくたびに大きくなってゆく事を知れ。国に税金をたくさん納められるような事業になるように努力せよ、等々。

51歳の若さで、大腸癌のために命を落としてしまった公明は、妹夫婦のために多くの教えを残して行った。妹の栄子は、兄の教えをひたすら守り努力を重ねてきた。そんな妹思いの兄が義弟の一郎と酒を酌み交わすたびに、決まって口ずさむ歌があった。青年検事の兄とその妹にスポットを当てたドラマの主題歌である『人生の並木路』。今でも公明の歌声が聞こえてくるような気がしてならない。

妹夫婦である一郎と栄子は、三人の子供に恵まれ、子供達も元気に成長した。子供達は公明を「じいちゃん」と呼んで慕った。毎年、命日が来ると、公明が好きだった地元の銘酒「群馬泉」の一升瓶を携えて墓前にぬかずき、お参りを欠かさない。谷川家の会社が今日あるのもすべてじいちゃんのおかげ、と子供達は無論、一家を挙げて感謝するこの頃だ。

栄子は兄の遺訓に従い、経理一切を背負って、会社が掲げて来た大目標に何とかたどり着くことができた。栄子は兄の遺影に向かって笑いながら語りかける。

「お兄さん、あの頃から見ると、何もかも大違い。塵も積れば山となる。お兄さんの教えに嘘はなかったね」

振り返れば、数えきれないほどの苦難を越えて来た。創業当初は一カ月の売り上げが数百万程度。小さな会社がよくここまで来られたものだ。

「これもみんな、お兄さんの教え通りにやって来たおかげです。天国からはよく見えるでしょう。これからも身守っていてね」

遺影に語りかける栄子。彼女の努力が実ったことを噛みしめる。

世の中には、せっかくの教えを聞き入れようとしない者もいる。栄子は、兄の教えを忠実に守ってここまで来た。ありとあらゆる指導を、惜しみなく与えてくれた公明兄さん。誰からも慕われる素晴らしい人柄で、その遺徳を偲び、一郎は心から感謝する。

在職中から税理士の資格を取得する勤勉な兄だった。

「私が退職したら、お前達が経営する会社の顧問料だけで生活して行くから、それに見合う報酬を払えるように頑張って会社を発展させておきなさい」

口癖のようにそう言って、一郎夫婦に奮起を促した。その偉大な兄を失ったことで一族の落胆は計り知れない。特に一郎は、しばらくの間、仕事ができないほど落ち込み、平静さを取り戻すのにしばらくの時を要した。多くの遺訓は、谷川家の財産として子供達三人の心の中でいつまでも生き続けて行くに相違ない。ありがとう、お兄さん。安らかにお眠りください。

支えてくれた人達

創立以来、必死で頑張る二人の姿を見て、応援してくれる荷主も少しずつ増え、日を追うごとに業務繁多となっていった。人手不足もあって、毎日目の回るような忙しさだ。

開業したばかりの零細企業の経営者は、どんな小さな事でも自分でやらなくてはならない。昼間は車で一日中走り回って積荷を配達し、それが済むとトラックのオイル交換やタイヤ交換、洗車など、できる事は何でもやる。一通り業務を終えると、得意先を案内して夜の街へ繰り出して行く。いわゆる接待である。そんな暮らしが何年となく続いたが、いつも変わらず一郎を励まし続けてくれたありがたい人達がいた。

その中には、一郎にとって忘れる事のできない、赤城工業の石井工場長という大恩人がいた。工場長は何も分からない一郎の手を取って、事業の世界へと導いてくれた。さらには経営のノウハウまで事細かに教えてくれ、何軒となく得意先まで紹介してくれた。お陰で、大利根陸運有限会社から大利根陸運株式会社に社名も変更。資金不足は変わらなかったが、どうにか今日までやって来られたのは、多くの方々に親身も及ばぬお力添えをいただいたおかげであり、なんと感謝を申し上げて良いやら、その言葉すら見つからない。いただいたご支援、ご指導は今でも忘れた事はない。何とかしてご恩に報いたいと思ってはいるのだが、まだまだ力量不足で思うようにはいかない。しかし、石の上にも三年という諺もある。いつの日かきっと、大恩ある皆様に頑張ったな、と言われるようになりたい。それが一郎にとって残りの人生を賭けた願いでもある。

国内大手の建設会社顧問を務めていたD先生にも大恩がある。妻の栄子が市役所に勤務していた頃、社用で来られた先生をご案内した事が縁となって、家族ぐるみのお付き合いがある。言うなれば父親のような存在で、心から尊敬する恩人の一人である。運輸業の免許取得の時も、会社設立の時も、あらゆるご指導をいただいた。時には厳しく、時には優しく、まるで我が子のように接してくれた。

D先生が、世界の尾瀬を歩きたいと言うので、一郎はぜひに、とお供を願い出た。2泊3日の日程で一緒に尾瀬沼を巡った時は、大層な喜びようだった。あの時の嬉しそうな笑顔は、今でも忘れる事はない。先生は暇ができると、座禅を組んでいたようだ。今も天国で座禅を組んでおられるのだろうか。

生涯を通じ、このような素晴らしい方々に出会い、たくさんの指導をいただいた。今頃はきっと天国でご覧になっているだろう。これからも未熟な夫婦を天から見守ってくださるように、と一郎は心から強く願った。

そしてもう一方、大利根陸運の発展に大きな貢献をしてくれた、忘れてならない恩人がいた。自動車部品製造会社のE課長である。

自動車産業といえば、昔も今も、時代の花形である事に変わりない。運送を生業とする会社は、何らかの形で自動車関連の仕事に携わっている会社が多い。自動車一台作るのに、たくさんの部品を必要としている事は誰もが知る周知の事実だが、物流業を営む者にとって、その圧倒的な物量の多さはたまらない魅力でもある。ところが、残念な事に大利根陸運にはその得意先がない。一郎は以前から、なんとしても自動車関連の仕事が欲しいと考えていた。大きな都市に行くと、必ず一つや二つ、自動車産業に関連した工場が存在している。何とか得意先として確保できないか、一郎はあらゆる方面に向かって自動車関連企業への足掛かりを探し始めた。しかし、そう簡単に見つかるものではなかった。自動車関連の企業は、一流の優良企業が多く、一郎の会社のように名もない零細企業を相手にしてくれるところはない。あらゆる知り合いを通し、さまざまなルートを探ってみたが、なかなかその機会に恵まれる事はなかった。

ところが、思いもよらぬ事からその手掛かりが見えてきた。トラックの積み荷を覆うシートを製造販売している業者で、会社に出入りしているFさんという人物がいた。ある日、Fさんが大利根陸運の事務所へ注文を取りにやって来た。そこに居合わせた一郎とよもやま話の最中、

「先日ある運送会社から大量にシートの注文があり、ようやく納品が終わった」

と言うではないか。一郎が「随分景気のいい話だね」と、詳細について尋ねると、自動車部品の製造会社から増便の要請があり、それに使用するシートを納品したのだという。

「荷主はなんという会社なの」

一郎の問いかけにFさんは
「隣町にある会社で、関西方面の自動車メーカーに納品している上場企業だ」

と教えてくれた。

「俺の高校時代の友人が勤めているから、そいつに頼んでやってもいいよ」

一郎は思わず椅子から立ち上がった。

「Fさん、恩に着ます。ぜひお願いします」

Fさんの手を夢中で握りしめていた。

それから一週間ほど過ぎたある日。めったに袖を通さない背広に着替え、一郎はFさんに連れられて、関東にある自動車部品の製造会社を訪問した。そこは、自動車業界では名の知れた工場で、一郎がかねてより得意先に加えたいと熱望していた会社だった。突然舞い込んできた耳寄りな話に、夢ではないかと何度思った事か。高鳴る胸の鼓動を抑えて、事務所の正門のところで大きく深呼吸した。創業以来、夢であった業界への足がかりが、ここにある。Fさんの後に従って入室の手続きを済ませると、間もなく面会室に通され、一人の若い社員の方がやってきた。

Fさんの友人であるGさんである。早速名刺を交換し、挨拶を交わす。Gさんの名刺には購買課と記載されていた。Gさんは大利根陸運の事業内容など聞いた後、

「課長を呼んできます」

と言い、事務所から出て行った。5分もしないうちに奥から出て来たのは、年の頃45～46歳前後の男性であった。挨拶ののち交換した名刺には「購買課長E」と書いてある。一郎が口を開いた。

「私共は、吹けば飛ぶような小さな会社ですが、仕事は誠意を持って頑張るつもりです。私どもにできる仕事がございましたら、ぜひお役に立たせてください」

E課長がすぐに言葉を返す。

「御社の事はGから聞いております。うちの会社のどんなものが御社に合う仕事

なのか、検討してみましょう。時間をください」

一郎はE課長の話を聞きながら感心した。決断が早く、しかも頭の回転がよい。先に聞いた事業内容の詳細や製品の説明でも、言葉の中に無駄がない。言わんとする事柄が的確に伝わってくる。流石、上場企業の課長だ。一郎は一度会っただけでE課長の魅力に取り憑かれてしまった。これが縁となり、長い付き合いになるのだが、これだけ豊富な知識を持つ方も珍しい。あらゆる分野に精通し、特に経営については深い洞察力と実践的な知識を備えていた。

「得意先は同じ分野や業種の一極集中は避けること。バランスを考え、あらゆる業種にまんべんなく得意先を持つことが重要」

と最初に教えてくれた。

また、仕事を離れても親交を深めた。E課長の得意なゴルフも一緒に回った。特に一郎の趣味である渓流釣りに至っては、東北の各地を巡り、山形県の朝日連峰を流れる荒川では大量のイワナを釣り上げた。その帰りに鉄砲水に襲われ、大変危険な目に遭遇したのも忘れられない思い出の一つである。

多くの製品の輸送を任されるようになって、かれこれ40年。一郎の会社にとってはなくてはならない大切なお得意先として、長いご愛顧をいただいてきた。経営者は得意先の要望に応えるため、細かい点まで注意を払って精進努力するよう教えてくれた。経済の流れや変化を敏感に読み取り、素早く対応する事の大切さも学んだ。課長であったEさんはその後、部長に昇格し、定年退職後は悠然と余生を楽しんでいる。今でも交流は続いており、あの頃、仕事の帰りに寄り道して気勢を上げたなじみの居酒屋で、杯を片手に当時の思い出話に花を咲かせる二人である。

第5章

二つ目の会社を立ち上げる

副業：野菜の産直販売

創業以来、二十数年が経過。いくら努力しても、一向に成果の上がらない時代が続いた。その間、一郎夫婦は寝ても覚めても、どうすれば会社を発展させる事ができるかばかり考え続けて毎日を送っていた。ない知恵を懸命に絞ってみても、出るのはため息ばかり。そう簡単に名案が浮かぶ訳がない。業務を拡大するにも資金が必要だ。実績のない企業が資金を得るのは並大抵の事ではない。どこかにいい副業でもありはしまいか。切羽詰まった貧乏企業の経営者は、そんな事まで考えるようになっていた。悪戦苦闘の毎日が続いた。どの銀行に行っても、経歴が浅く実績のない企業に資金を貸してはくれない。そのため、運転資金の不足はいかんともしがたい。仕方がなく、さまざまな副業に手を出し、少しでも資金の獲得をと試みた時があった。ところが、世の中にそんな都合の良い話などあるはずがない。事業とはこうも大変なものか、とさすがの二人も意気消沈。ところがそんな時、手を差し伸べてくれた親友がいた。

秋も深まった晩秋のある日、突然、電話が鳴った。受話器を取ると、H君からである。最近顔を見せないが、どうかしたのかと心配して電話をしたのだという。いつもながら、ありがたい心遣いである。H君とは小学校の頃から気の合う親友で、親しい間柄であった。彼の家には何度も泊めてもらっていて、その時はいつも指切りして、大きくなったら必ず立派な人間になって社会のために頑張ろうと約束した事を思い出す。

H君に、この頃景気が悪く仕事がまばらで、経営に苦労している、と正直に話した。

「それは心配だなぁ。どんな方法があるか、俺も考えてみるよ」

「よろしく頼む」

こうして電話を切った数日後、再びH君から電話があった。

「先日の件だが、埼玉県南部や東京近郊の団地に野菜を直送して販売するのはどうだ。商品である野菜は、自分が青果市場の株を持っているので仕入れる事ができる。お前のところのトラックに野菜を積んで、産地から団地に直接届ける。野菜の品質は折り紙つきだ。なにしろ野菜の産地として名高い深谷や熊谷で収穫した確かな品ばかりだ。どうだね」

「なるほど、それは良いアイデアだ。これはいけるぞ」

一郎は直感した。売り手はトラックの運転手で事足りる。

「よし、やってみるか、いつも世話になるばかりですまないが、よろしく頼む」

こうして一郎は、埼玉の県南から、東京近在の団地の自治会に話をし、野菜即売会を始めることにした。4トントラック2台に積んだ野菜は、毎日完売。ありがたい事に現金収入が確保できる。暮れから正月にかけては売り手が間に合わず、運転手の奥さん達にも応援を頼んで対応する繁盛ぶり。一日数十万の売り上げになった。これでひとまず息をつくことができそうだ。運送業と野菜販売、どちらが本業か分からないが、とりあえず経費だけでも稼げればそれでよい。しかし、その後も野菜は順調に売れ続けた。

やがて季節は冬から春となり、暖かい日が続くようになって来た。ところが、その影響であろうか、あれだけ売れた野菜も日を追うごとに売り上げが減って来た。

早速、自治会の人達にも協力してもらい、意見を聞いたところ、野菜の鮮度が落ちていると言われてしまった。よくよく調べると、新鮮な野菜を野外に並べるため、太陽の光や風などの影響を受けてしおれてしまう事が判明。野外で野菜を販売するには致命的な欠点だ。しおれた野菜など、買う者はいない。これではいけない。何とかしなくては。自治会の人達と協議を重ねたが、これといった妙案はない。いっその事、屋根付きの売り場を作ってしまおうかという意見まで出たが、公団の土地なのでそうもいかない。結局、翌年の冬まで延期という事になってしまった。

せっかくH君の提案で順調に行っていたが、残念だが仕方がない。しかし、そのおかげで、とりあえず危機は脱する事ができた。大きく儲かるとは言えないまでも、その日の経費が出ただけでもありがたい事だ。持つべきものは友だと言うが、まさしくその通りだ。

野菜の直売はひとまず中止となり、それ以来、自治会の方とも再会する機会はなかった。翌年、自治会の事務局から「今年もやらないか」と連絡をいただいた時には、何よりも嬉しく感じたが、当時は本業の運送業が多忙を極め、とても野菜の直売までは手が回らない。残念ながら、それっきりという事になってしまった。

貧しさの中を必死で生きた厳しい時代、親友H君の友情と共に懐かしく思い出す。あの野菜の直送販売が、会社の経営の一助となってくれた事は紛れもない事実だ。

副業：アルミサッシの販売

事業を志す者にとって何が一番辛いかと言えば、事業資金がない事だ。喉から手が出るような魅力的な商談があっても、資金がなければ実行できない。一郎も資金調達を試みたが、簡単な方法などあるはずがない。思案の末、副業に手を出してみようと考えた。

このことを建設会社の二代目社長である友人に相談したところ、輸送を請け負っている会社のアルミ建材を組立販売したらどうか、という提案があった。当時は建築ブームで、アルミ建材の需要が急速に拡大していた。一郎も調査を進めると、木製の窓枠が次々とアルミに置き換わり、非常に有望な商材であることが判明した。友人の言葉に後押しされ、一郎は事業を始める決意を固めた。

まず自宅の裏に小屋を建て、「谷川アルミ有限会社」を創業。一郎の3番目の弟である光男を代表に据え、三名の従業員とともに操業を開始した。

主な業務は、ガラスを窓枠のサイズに合わせて切断し、アクリルで縁取りをしてアルミサッシを組み立てる作業だった。建築ブームの影響で受注は順調に増え、日を追うごとに忙しさを増していった。一郎も、大利根陸運の配達が終わると、自宅で夜遅くまでアルミサッシの組み立てに汗を流す日が続いた。

そんなある日、アルミサッシの仕入れ先の販売課長が、耳寄りな話を持ってやって来た。

「近い将来、アルミサッシの価格が上昇する。絶好のチャンスだから今のうちに仕入れたほうがいい」

と言う。はじめは半信半疑だったが、光男や社員達と相談し、仕入れを決断した。しかし、創業間もない企業の資金は微々たるもの。栄子が奔走して集めた金額を合わせても1000万にも届かなかった。それでも全額をアルミ部材の購入に充てたところ、数日後、サッシの価格が急騰した。

するとと、販売課長がどうだと言わんばかりにやって来た。

「まだまだ上がるから、今売っては駄目だ」

事実、今まで取引をしている得意先だけを優先して販売していたが、隣の町の大工や建設会社からも「サッシはあるか」と問い合わせが殺到した。あまりの反響に驚く一郎に、光男が「今こそ事業拡大の絶好のチャンスだ」と提案。建設業界でアルミサッシが不足する中、在庫を放出すれば取引先を増やせると進言した。逆も真なりか。確かに、今なら営業などしなくても在庫を売るだけで、得意先が増える。これを利用しない手はあるまい。一郎は事業拡大を決断した。

ところが一つだけ困った事があった。一斉に放出を始めると、注文に対して生産・納品が追い付かない。毎日夜10時まで残業が続き、従業員は疲労困憊。栄子は夜食作りにてんてこ舞い。近所の奥さんにも手伝ってもらって奮闘する日が続いた。やがて在庫も底を尽き、すべてを売り尽くした時には、全員ヘトヘト。完売した数日後、近所の居酒屋で宴会を開いて労をねぎらった。栄子も子供達や従業員の家族を連れ、近所の寿司屋で食事会を開いた。この成功により、新たな得意先も増え、値上がり分の利益も加わり、全員が満足する結果となった。
ところが、品不足は建設業だけでなく、他の業界でも発生していた。我が国の経済の好調を支える物流業界もご多分に漏れず変化が起きていた。物流の役割が単なる輸送から、保管や梱包、包装へと拡大し、あらゆる分野で新たなニーズが生まれていた。これをいち早く感じ取った一郎は、梱包やパックなどの業界に進出する事を考えていた。しかし考えているだけではどうする事もできない。先立つ資金のこともあり、思うように動けずにいた。
そんなある日、一郎は会社のお得意先である食品会社のゴルフコンペに参加した。その帰りはいつもの仲間達と行きつけの居酒屋で宴会となり、席上、食品会社の役員から
「我が社の製品を包装してくれる会社はないか」
という話が出た。すると仲間達が
「それは谷川さんの会社が得意とするところではないか」
と水を向けて来た。梱包は物流業の仕事という事らしい。話が進むにつれ、仲間の一人が

「みんなで出資して会社を作ろうではないか」

と言い出し、一郎を社長に、との話がまとまった。その結果、一郎を代表取締役として「大利根パック株式会社」を設立。出資額も決まって営業を開始した。

しかし、それからわずか半年後、手違いで仕事が減少し、当面、会社を休眠せざるを得なくなった。すると出資金を出した仲間達が「出資金を返してくれ」と言い出した。資金はすでに会社設立のために使っており、返済できないと伝えると「それならば株を買い取れ」と言う。仕方がなく資金を工面し、全員分の株を買い取った。彼らは得意先など関係の深い者達で、仕事の紹介など互いに行っている仲間であった。その時、思っていたよりも仕事も減り、先々利益にならないと判断したのであろう。この出来事を通じて、一郎はこの世の無情を痛感することとなった。

その後、大利根パックは1年以上休眠していたが、ある日、日頃お世話になっている銀行の支店長から

「埼玉県南の食品会社が熊谷に進出し、パック業者を探している」

という情報を得た。早速支店長に紹介してもらい商談に伺うと、即決で契約が

成立。その会社で生産している食品のパックを任されることになった。しかも予想以上の規模の仕事を受注するという嬉しい結果となった。

急ピッチで大利根パックをフル稼働させなくてはならない。そのため、総力を挙げて取り掛かる事となった。しかし、人手不足で谷川アルミにまで手が回らなくなり、アルミサッシを納品できないという深刻な状況に陥った。このままでは長い間お世話になったお得意様に迷惑をかけてしまう。魅力ある業種でもあることから、一郎は「事業を引き継がないか」と光男に提案したが、「自分には向かない」と一向に首を縦に振らない。熟考の結果、一郎は谷川アルミの閉鎖を決断した。

在庫をすべて放出し、従業員も、連日夜食を作り続けた栄子も、さすがに疲れ切って元気がない。一郎は「よく頑張ってくれた」と感謝し、2日間の休みを与えた。栄子は子供達を連れて久しぶりの外食へ。従業員達にも「みんなで一杯やってこい」と心ばかりを渡した。

アルミサッシ事業は約10年継続し、順調に推移していたものの、大利根パックの本格稼働により人手不足が深刻化。お得意様に迷惑をかける前に、事業を畳む決断をした。料亭で取引先を招いて閉鎖の報告と感謝を伝え、谷川アルミは幕を閉じた。

商売の世界は厳しくもあり、また面白くもある。一郎は、こうして次なる挑戦へと歩みを進めていった。

大利根パック本格始動

取引先のゴルフコンペに参加し、その場で生まれた話から一郎は大利根パックを創立した。紆余曲折を経て、一郎の生家の農作業場を改築し、食品包装作業を開始。最初は慣れない作業に戸惑いもあったが、徐々に技術を習得し、仕事も順調に増えていった。

そんな折、得意先の会社から「工場の売り物件がある」との情報を得た。早速下見に行くと、敷地面積3800坪。建坪は1000×3階＝3000坪。鉄筋3階建という理想的な物件だった。しかも、大利根陸運から目と鼻の先で、国道に面した申し分のない条件である。包装・パック業界に本格進出を考えていた一郎にとって、喉から手が出るほどの物件だった。

高額な物件で手が届かない可能性は高いが、「当たって砕けろ」と管財人に交渉を持ちかけた。管財人と交渉するのもいい経験だ。管財人からの条件は「3億6000万円、値引きなし」。一郎は直ちに銀行へ相談し、驚くことに即OKが出た。一郎はあまりの嬉しさに、銀行の応接室で呆然と立ち尽くしたほどだった。事の成り行きを管財人に告げた一郎は、その後、速やかに契約を成立させた。

パックの工場としては大きすぎるという意見もあったが、もし経営不振で返済できなくても、土地を売却すれば返済できると判断。結果的にこの決断が功を奏した。

新工場での営業を開始すると、衛生面を重視する食品業界の評価が高まり、需要が急増。昼夜2交代で稼働しても追いつかないほどの受注増を獲得した。その後、大利根パックは、一郎の長男と長女に一任し、好結果を生み出した。

当時、大利根パックはある食品メーカーの下請けとして仕事を請け負っていた。そんなある日、そのメーカーの重役が訪れ、

「だいぶ儲かっているようだな」

と薄笑いを浮かべながら切り出した。
「いいえ、そんな事はありません」
と答えると、その重役は
「設備投資も大変だろうから、うちの資本を入れてはどうか？」
と提案した。一郎がやんわり断ると、
「では役員を派遣させろ」
と言い出した。とんでもない事を言うと思ったが、仕事をいただいている都合上、丁寧に
「それは結構です」
と答えたところ、重役の顔が俄かに険しい顔に変わり
「仕事がなくなってもいいのか」
と激しい口調でまくし立てた。この男が来社した時からうすうす想像はしていたが、やはりそうか。これは明らかに〝乗っ取り〟の意図を含んでいた。取引先の手前、強く拒否するわけにはいかないが、一郎は毅然とした態度で
「どちらもお断りします」

と明言した。重役の表情はさらに険しくなり、

「仕事がなくなってもいいのか？」

と迫って来たが一郎は沈黙を貫いた。帰り際には
「銀行から借りた金はどうするんだ？」

と詰め寄られたが、一郎は
「工場は貸倉庫として活用し、賃貸料で返済する」

と冷静に返答。それに対し、

「今の言葉、忘れるなよ」

と捨て台詞を残し、重役は去っていった。

すぐに一郎は社員を集め、「今から戦争だ。今後、下請けはやらない」と宣言。営業担当には、食品メーカーに直接取引を打診するよう指示を出した。驚いた社員たちも、一郎の説明を聞くと趣旨を理解。顔を紅潮させて「やります！」と決意を新たにした。

幸い、下請け時代から大利根パックがすべての作業を担当していたため、メーカーとの信頼関係は厚かった。ほとんどの企業が即座に契約を結んでくれ、独立

への道が切り拓かれた。さらに、乗っ取りを企んでいた会社が約4割ものマージンを取っていたことも判明し、関係各社は驚愕。結果的に大利根パックは、納得のいく形で新たなスタートを切ることができた。

以降、食品パック事業は順調に拡大し、群馬県沼田市に沼田工場を開設。その後も成長を続け、上信道太田桐生インター近くに8000坪の敷地を購入し、太田工場を開設。さらに別所工場を含め、計4工場体制で顧客のニーズに応えていった。

後に、一郎はかつて資本参加を持ちかけてきた企業の関係者と再会。その人物は

「まさか大利根パックがここまで発展するとは思わなかった。あの時、株を買い取れと言ったのは失敗だった」

と悔しがった。その言葉を聞いた一郎は、胸のつかえが一気に消え、深い安堵を覚えた。

現在、大利根パックは従業員総数400名を超え、安定した経営を続けている。「塵も積もれば山となる」――兄・公明の言葉通りの結果となった。

第6章

家族や社員とともに

赤貧の中の子供達

何の知識もなければ、経験もない。ましてや事業の経営などは、皆目見当もつかない。その上、一文無しと来ては手のつけようがない。たまたま事の成り行きで立ち上げる事になった貧乏会社は、すべてがない物だらけ。そんな会社は、どこに行っても聞いた事がない。吹けば飛ぶような弱小企業。無から身を起こすという事は、想像を超える厳しさだ。貧乏暮らしなどという生やさしいものではない。赤貧の中で育って来た一郎の子供達は、当然、世間の子供達のように手をかけてやれるだけの暇もなければ金もない。したがって、毎日がほったらかしの状態。それでも子供達は、病気一つせずに元気に成長していった。

長男の順一郎を筆頭に、長女の尚子と次女の優子、三人の子供達は元気に育った。中でも長男と長女は活発な子で、長男が小学6年生、長女が小学校の4年生の頃から熊谷市で一郎の友人が開いている極真空手の道場へ通った。バスを乗り継ぎ、片道30分掛けて赤城おろしの吹きすさぶ極寒の中を、また、焼け付くような猛暑の中をものともせずに通い続けた。その後、長男は大学でラグビーを選択。長女は大学在学中も空手を続けて修練を積んだ。その間、風邪や怪我などで稽古ができない日も何度かあったが、いかなる事があろうとも一郎は休むことを許さなかった。そんな時は、人の稽古を見て勉強するようにと言い聞かせ、道場に行かせた。一度始めた事は最後までやり通せ。これが、一郎夫婦の教えであった。最初は可哀そうだと思ったが、子供達が何物にも負けない辛抱強い人間に育つのを願っての事であった。

会社の経理という重責を背負っている妻の栄子の多忙を理由に、次女の優子は近所の家で預かってもらい、仕事を終えてから迎えに行き、家に連れ帰る。そんな生活を小学校3年生になるまで続けた。家族が顔を合わせるのは夜の7時を過ぎる事がほとんどだった。仕事の疲れもあり、子供達とゆっくり話す時間もなく、その日学校であった話をされても半分居眠りをして聞いている事が多かった。それだけに、今でも子供達にはすまない事をしたと思っている。すべて自分の力が至らないために、不自由な思いをさせてしまった。せめて近所の子供と同じように、洋服や学用品などを買ってやりたいと、何度思ったか分からない。親戚からもらったランドセルや学用品、洋服も、親戚のお兄ちゃんやお姉ちゃんのお下がり。それでも一郎の子供達はいたって元気で、世間の冷たさも一向に気にする気配もない。子供達が学校から帰る途中、近所のおばさん達は井戸端会議の真最中だった。その脇を通ると、幾人かの意地悪ばあさんがいて聞こえるようにつぶやく。

「お前たちの母ちゃんは何をしているのかね」

「会社で仕事をやっているよ」

子供達が答えると

「子供の事はほったらかしで仕事だってさー」

すると、もう一人の主婦が、

「子供よりお金の方が大事なのよ」

その一言で周りの主婦たちがワーッと笑う。そんな時、長女は聞こえぬ振りをして通り過ぎるが、次女は違っていた。

「うちのお母さんはそんな人じゃないぞ」

そう言って、あかんべぇをして通り過ぎる。けなげな子供達の姿に一郎夫婦は励まされ、折れかかった心を何度立て直し、ここまで来たか分からない。

親の苦労を見ていた長男は優しい子で、月末の支払いが近づくと必ず「お母さん、今月の支払いは大丈夫なの？」と聞いてくる。経理を担当している母を気遣っての事である。そんな子供達に励まされてやって来ることができたが、考えてみれば、あの頃は一郎自身がトラックに乗って得意先に品物を配達する毎日。手積み、手降ろしで貨物を運んで配達に出発する。そんな時には妻の手伝いが必要となる。助手席に同乗し、荷物の積み下ろしを手伝ってもらうのだが、幼い子供だけ家に残して行くわけにもいかず、4トントラックの運転席と助手席の間に二人の子供を乗せて、千葉や山梨、長野など、早朝から配達に出掛けることがよくあった。お得意先の工場や倉庫にまで子供達を連れて行くわけにはいかない。その時は道路の脇に子供を残して行く他ない。栄子は一郎と共に配達先の工場に行き、道路脇に残してきた子供を心配しながら急いで荷下ろしを済ませた。子供達のもとへ戻ると、長女の尚子が妹の優子を抱きしめ、道路に飛び出さないように必死になって押さえている。その間、約一時間余り。どんなにか不安であったろうに。その姿を見て栄子は、涙ぐみながら「偉かったね、よく頑張ったね」と二人の頭を撫でてやり、その労をねぎらった。今の時代なら問題になる行為だったろうか、一時保育や施設が少なかった時代、致し方なかった。当時、尚子は6歳、優子は3歳。辺り一面に金色の菜の花が咲き乱れる、長野県飯山市、千曲川の出来事であった。

それから四十数年の歳月が経過。幼かった子供達も、今では一人前の社会人となって、会社のために懸命に働いている。

ある日、一郎のもとに栄子がやって来た。

「お父さん、うちの会社も月末の支払いに苦労しなくても良くなったよ」

資金繰りのメドが立つようになったのか。それはありがたい事だ。ここまで来るのに、随分長い時間が経過したものだ。苦しい貧困時代を懐かしむように振返る一郎に、栄子はめっきり白髪の増えた一郎の頭髪を指さしながら笑っている。

この頃、夫婦が何よりも嬉しく感じるのは、子供達がたくましく成長してくれた事だ。世の中とは面白いもので、成長した子供達をつい最近まで馬鹿にしていた近所の人達も、笑ったり、軽蔑したりする事はなくなった。

一郎達が辛く厳しい時期でも、いつも親切に励ましてくれる温かい一家がいた。近所でたくさんの牛を飼って暮らしていたIさん親子。奥さんは誰よりも働き者で、子供達も家の手伝いをする感心な子供達であった。それに何よりも優しく、一郎の子供等の面倒をよく見てくれた。特に尚子は、Iさんの娘さんを「牛舎のお姉ちゃん」と呼んで実の姉のように慕っていた。その後、会う機会もなかなかないが、きっと立派なお母さんになってることだろう。噂によれば、娘さんは結婚して素晴らしい家庭を築き、彼女の母親によく似た働き者のお母さんになったという。それに、生まれたお子さん達は学業優秀で、有名大学に見事合格したと聞く。人間、努力に勝るものはない。あの苦しい時代に励まし続けてくれ、子供達の面倒まで見てくれたIさん親子の親切は、思い出すたびに目頭が熱くなる。人は苦境に立った時に受けた親切は、忘れることができない。一郎の子供達も、世間の冷たい仕打ちに屈する事なく、たくましく育った。今までは、こちらから挨拶しても知らん顔していた大人達も、最近ではちゃんと挨拶してくれるようになった、と笑っていた。

さらに二十年が経過し、谷川家の子供達は頼もしい存在になった。長男の順一郎55歳、大利根陸運株式会社と大利根パック株式会社、2つの会社の社長として、両社合わせて約500名に近い従業員を率いて奮闘している。長女の尚子は53歳で専務取締役として、次女の優子は50歳で総務の責任者として、それぞれの持ち場で全力投球している。親馬鹿とはよく言ったもので、あの赤貧の中で育った一郎の子供達は困難に負けない強い人間に育ってくれた。

夫婦で興した事業も、子供達の奮闘と努力のおかげで、わずかずつではあるが確実に前進を続けている。創業時と比べると会社の規模も売り上げも、比較にならないほど増加した。大勢の人々に助けられてここまで来たが、これからも多くの支援に感謝しながら、兄の遺訓を胸に、家族一同、総力を結集して頑張って行きたいと決意を新たにする一郎であった。

鉄は熱いうちに、人は若いうちに鍛えろという諺があるが、人間に大切な事は忍耐と努力だとしみじみ感じる。これからも地道に努力を積み重ねて、家族揃って頑張って行こう。子供達には何事も最後までやり抜く精神を体得してほしい。すべてに言える事だが、努力に勝るものはない。一郎は子供達に日々言い聞かせている。良薬は口に苦く、病に理ありという諺がある。今後もあらゆる困難を乗り越えて、兄妹三人力を合わせ、絶えず夢を追い掛ける「夢追い人」であってほしいと心から願う。

細々と始めた小さな事業は、子供達の協力を得て、確実に変貌を遂げてきた。忘れてならないのは、家族が一致団結し、協力してきた事だ。それが今日の姿になったと確信している。中でも経理を担当して金策に奔走し、愚痴一つこぼさず頑張って来た栄子の功績は大きい。

今時の女性の中には、子供の欲しがる物を叱りつけても我慢させて、自分の欲しい物はどんな犠牲を払っても買い漁る人さえいると聞く。栄子は着古した洋服を身に纏い、わが身を飾る事もなく、三人の子供を育てて必死で働いて来た。その母の後姿を見て育った子供達は、労をねぎらい、進んで手伝いをするようになった。世の中には家庭の苦労をすべて背負っているような事を言い、子供の教育と称して家事を押しつけて、当然という顔をしている親もいる。そんな母親を子供達はどう見ているのだろうか。子供は親の姿を見て育つという。長い貧乏暮らしの末に、幼い頃から大切にして来た琴まで売って生活費に換え、家計を支えてきた母の苦労を見ていた子供達。今ではその母親に寄り添い、何事も協力を惜しまない。これは親の苦労に報いたいと思う子供達の母親への感謝だ。そんな母子の姿を見て、家族とは良いものだなぁ、としみじみ感じる一郎であった。

働けど、働けど、貧困から脱する事ができなかった苦難の時代。あの頃を振り返ると胸が熱くなる。語り出せば尽きないけれど、想像を超えた苦労を背負って頑張ってくれた妻の栄子。彼女の努力がなければ、今日の姿はない。

94歳でこの世を去った一郎の母フジが、生前、口癖のように言っていた言葉がある。

「一軒の家は、女がしっかりしていなくては駄目だ。その点、うちの栄子は、しっかり者だからありがたい」

そういって後事を栄子に託し、あの世へと旅立った。

栄子は80歳の今日でも二つの会社の経理担当責任者としてその重責を果たすべく、一郎が制止するのも聞かず、毎日楽しそうに出社してゆく。一郎がねぎらいの言葉をかけると「波瀾万丈、さまざまな事があって楽しい人生だった」と笑っている。家族協力して両社念願の大目標を掲げ、達成する事ができたと、自分の背丈を遥かに超えた子供達を見上げながら、喜びを分かち合う栄子。仕事こそが生き甲斐という彼女の後には、経理を引き継ぐ長女の尚子が付き添う。

二人で興した事業を何とか成功させたいと苦労を重ねてきた栄子は、76歳の時にパーキンソン病を発症した。歩くのが不自由になり、それが原因で何度も転倒し、腰や足などを骨折。そのたびに病院に通い、大変な思いをして来た。それを見た尚子は出勤前に毎朝、両親の自宅に立ち寄って健康状態を確かめ、二人の朝食を作り、それから会社に出勤して行く。雨の日も風の日も、欠かす事なくやって来る長女を、母は毎朝、今か、今かと首を長くして待ち続ける。

次女は次女で、目の前にある大利根陸運に出勤してくるのだが、「一緒に食べよう」と必ず昼にやって来て昼食を共にしてゆく。そんな母子の姿を見ていると、栄子の母が生前言っていた「この子は、娘を二人持って幸福だ」という言葉を思い出す。子供達には苦労させてしまったが、みんな元気に育ってくれた。今春大学を卒業して就職した次女の一人息子が「じいちゃん、ばあちゃん、元気でやっているか」と休日を利用してお土産持参で、訪ねてくれる。あまりの嬉しさに涙する一郎夫婦。貧乏も無駄ではなかった、としみじみ思う瞬間である。

社員は家族

一郎にはもう一つ、大切にしている宝物がある。創立以来、苦楽を共にしてきた社員達である。彼らは一郎を信じて経済界の熾烈な戦いの中を、不平一つ言わず懸命に働き、貧乏会社を支えてくれた。彼らは言うなれば、過酷な競争を共に戦い抜いてきた戦友達だ。入社した会社は、すべてが不足だらけ。そんな中を愚痴一つこぼさずに頑張り続けてくれた。

寒い冬もようやく終わり、世はまさに桜花咲き乱れる4月。希望に燃えて入社して来た新入社員達。そんな彼らを待っていたのは厳しい現実であった。朝早くから夜遅くまで、仕事に明け暮れる毎日。理想とは余りにも違う現実に、戸惑いながら必死に堪えて、頑張ってくれた社員達。公園の桜の下でわが世の春と浮かれ騒ぐ同年代の若者を尻目に、会社発展のために懸命に働き続けて来てくれた若者達。あの時の姿を一郎は、今でも忘れる事ができない。

それからから数十年。しばらくの時が巡り、紅顔の青少年であった彼らの顔は、歴戦の勇士としての誇りに満ちた男の顔へと変貌を遂げていた。今年もまた、桜の季節が巡って来たが、あの当時、入社して来た若者達は、花の下での宴などまるで無縁。来年こそは全員で花見をしてみたいねと言いつつ、来る年も、また来る年も、朝早くから夜遅くまでひたすら働き、数えきれないほどの花見の季節を通り過ごしてきた。

たった1台のトラックから始まった事業は、社員達の協力のおかげで、いつの間にか保有台数90台を超え、群馬県沼田駅前に沼田営業所を開設。続いて熊谷市内の工業団地内に配送センターを開設、その後も続く多忙な日々。ベテラン乗務員の中には、いつしか髪に白いものが混じるようになった者もいて、いかに彼らが長い年月をかけて会社に貢献してくれていたかを知らされた。彼らの貴重な人生を捧げてくれたからこそ、大利根陸運と大利根パック、両社合わせて念願を達成することができた。

これまでさまざまな事があったが、中でも忘れられないのは、13年ほど前、突然一郎が大腸癌に侵され、もはやこれまで、と人生を諦めかけた時の事だ。あの時、再び生きる希望を与えてくれたのは社員達の一言だった。苦しい抗癌剤治療が7カ月も続き、心身共に疲れ果て、もはやこれまでと諦めかけた時、病室を見舞ってくれた数人の社員達は、弱音を吐いた一郎に向かって、

「社長、頂上はまだ先ですよ。会社に指示を出す人がいなくては困ります」

「頑張って早く帰って来てください」

と声をかけて来た。それを聞いた途端、一郎の体の中に一筋の衝撃が走った。18歳で入社した紅顔の青年達が、こうして会社を担う働き手となって頑張ってくれている。その彼らが一郎に向かって、病魔に負ける事なく、会社に復帰するように、と促している。それを聞いた途端、頭から冷水を浴びせられたような衝撃に襲われた。顧みれば、今日まで何をするでもなく、すべて社員に甘え、依存して来た。そんな一郎を信じて、多くの社員達が、ただ黙々と従ってくれた。経営者として、これほど嬉しい事はない。それなのに自分はなんという情けない人間になってしまったのか。病気を理由に言い逃れをしているのではないのか。自らが掲げた目的の達成をこのまま諦めるのか。彼らは一郎の指示を待っている。この社員達を裏切ることはできない。大腸癌なんかに負けてたまるか。もう一度、いや何度でも、目的を達成するまで頑張り通すのだ。山頂ははるか先だ。一郎よ、社

員一同の夢を背負って先頭を行くのがお前の使命ではないのか。それこそが、自分で選択した人生ではないのか。お前が挫折すれば、もう一人、落胆する者がいるぞ。それは、お前の成功を信じてくれた公明兄さんだ。唯一の理解者である兄貴に、何と言い訳をすればよいのか。いかなる事があろうとも、兄貴だけは失望させたくない。何度でも頂上を極めるまで頑張ろう。もし自分が道半ばで力尽きる事があれば、その後には息子がいる。二人の娘もいる。社員達もいる。孫達もいる。一郎の思いは彼らが必ず引き継いでくれるだろう。その前に諦めない事が、今日まで一郎を支えてくれたすべての人達への責任の取り方だ。その時こそ、谷川一郎の人生は完成する。先人達の言葉に「一心岩をも通す」とあるが、まさしくその通りだ。病気などに負けていられない。そう心に決めて、社員達の激励に応えるべく、決意も新たに抗癌剤治療に向かう一郎であった。

それから6カ月後、一郎は抗癌剤の治療を終えることができた。その後10年が経過し、精密検査を終えた一郎に、担当医師は告げた。

「よく頑張りましたね。癌は寛解しましたよ」

病魔に打ち勝ち、現世に戻る事ができたのは、社員諸君が掛けてくれた一言があったからに他ならない。死の淵から救い上げてくれたと、一郎は深く感謝していた。

会うは別れの始め

「会うは別れの始め」という言葉があるが、人生には出会いと別れはつきものだ。創業以来、二つの会社は数えきれないほどの社員を迎え、そして送り出してきた。中でも、特に印象に残った一人の社員がいる。大利根陸運に入社後、50年近くに渡り社員の先頭に立って働き続け、若き社員達の模範として頑張ってくれた。彼の名は、棚沢君。退職の日を迎え、「長い間、お世話になりました」と一郎のところに挨拶にやって来た。

入社当時は18歳。初々しさの残る好青年は、60歳を越えた今、風雪に耐えた逞しい大人の顔に変貌。どこまでも続く峠の道を走り抜けて高速道をひた走り、雨の中雪の中をものともせず、懸命に車を走らせてお客様のもとへ積み荷を届ける。そんな仕事を続けて50年近く、

「長い間お世話になりました」

と言って差し出した彼の手は、節くれだった仕事の手で、不思議な温かさが感じられた。

「長い間苦労をさせてしまったね。これまでありがとう」

差し出した彼の手を握り返しながら今までの月日が、一度によみがえったような気がして、一郎の目から一筋の涙が流れた。

数日後、棚沢君を呼んで、会社に残って後輩の指導をしてくれないか、と再三頼んでみたが、長い間温めていた夢を実現したいから、と断られてしまった。退職後は気の向くままに、日本中を旅してみたいという。特に登山が好きで、日本の百名山を登ってみたいという大きな夢を抱いていた。仲間の社員達も、リーダーである棚沢君の退職は少なからずショックのようで、

「棚さん、もう少しの間、残ってほしい。一緒に働こうよ」

と懇願したが、

「もう充分働いた。これからは自分の好きな事をやって生きて行きたい」

それが、彼の答えだった。

彼の言っている事は、痛いほどよく分かる。一生懸命、仕事に打ち込んできた人間だからこそ言える言葉だ。ましてや一郎達には、彼の夢を止める権利はない。とはいえ、彼がいなくなり、ぽっかりと空いた胸の空洞をどうして埋めればよいのか。一郎は思案に暮れた。

思い起こせば今から五十年近く前の事。秋も深まりゆくある日、一人の若者が社員募集の記事を見て面接にやってきた。採用担当者が不在だったので、一郎が面接を行うことになった。年の頃は20歳前後で控えめに「棚沢です」と名乗ったその青年は実に真面目で、一郎の質問に淡々と答えた。高校を卒業後、運転免許を取得。ほんの少し家業を手伝っていたが、車に乗るのが大好きで、募集の記事を見て応募したと説明した。話し上手というタイプではないが、その訥々とした語り口に、一郎はこの青年の人柄を見たような気がした。その場で採用を即決。一郎はこの棚沢君を信頼し、家族の一員として迎え入れ、あらゆる知識を教えていった。

彼は一郎の期待に応え、瞬く間に会社のトップドライバーに成長した。棚沢君のドライバーとしての腕は一流、11トンの大型トラックを運転して、名古屋、京都、大阪を始め、日本全国を走り続け、無事故を通した。彼の素晴らしさはそれだけではない。いかなる困難な仕事でも、一言も弱音を吐いたことがない。入社してから数年が過ぎた頃、彼の優秀さに気が付いた一郎は、自分の知っている限りの事を教えて、リーダーとして育て上げた。時折自宅に招いて酒を酌み交わし、人生や会社の将来について夜を徹して語り合う事もあった。苦しい時も、悲しい時も、共に過ごして来た。谷川家の誰もが家族が一人増えたように思っており、一郎の子供達は「お兄ちゃん」と言って彼を慕い、まるで本当の兄弟のようであった。

時は巡り、数年が経過したある日、棚沢君が一郎の自宅にやって来た。

「社長、実は、お願いがあるのですが」

「何だい、遠慮せずに言ってみろよ」

「結婚したい娘がいるのですが、仲人をしてもらえますか」

「なんだって、本当なのか。それはめでたい、仲人は引き受けた。でも、俺でいいのかい」

「はい、お願いします！」

よし決まった。それから数日後、棚沢君が連れてきた彼女は、てきぱきとした歯切れの良い、しかも可愛らしい娘で、この子ならばきっとお似合いの夫婦になる。一郎の妻も大いに喜び、四人でビールを開けて、カンパイ。二人の前途を祝った。

その後、二人は一郎夫婦を媒酌人として無事に式を挙げ、夫婦となった。市内に自宅を構えたのち、男の子を一人授かった。今では息子さんも有名大学を卒業し、公務員として埼玉県庁に勤務している。

退職後の棚沢君は、自宅で日本全国の道路地図を広げて、何やらにらめっこの毎日。各地の道順や道路事情など調べていたが、その後、念願の日本一周に旅立って行った。この頃では、四国や和歌山などさまざまな場所を訪れているとの事。時折帰って来ては、旅先での出来事などを話してくれる。一郎も彼の話を聞くのが、何よりの楽しみで、今度はいつ帰るのか、彼の帰宅を心待ちにしている一人である。

彼が定年退職した当時は、その穴埋めをいかにするべきかが問題であった。長い間、彼の力量に頼り切っていた会社も何度となく会議を開き、ようやくその対策が講じられたのは、数カ月も過ぎてからの事であった。大利根陸運の社友会会長としての後継者も決まり、一郎は安堵の胸をなでおろすことができた。

大勢の社員の中には高校卒業後、大利根陸運一筋という社員が何人かいて、彼らはどんな仕事も黙々とこなし、会社のために力を発揮してくれるありがたい存在だ。そんな彼らも、いつかは会社を去る日がやって来る。覚悟はしているが、その時の寂しさを想像しただけで、一郎はやりきれない気持ちになる。

その後、奥さんと共に退職の挨拶に会社を訪れた棚沢君。

「今度は私が会長に恩返しをします。行きたいところがあればおっしゃってください。私が運転してどこへでもお供をします」

その一言を聞いて、一郎は溢れる涙を堪えるのに精一杯だった。

振り返れば四十数年前の事。スーパーのショーケースを積んで福井まで夜を徹して走った頃は、互いに若かった。仕事を終え、連れ立って潜った赤ちょうちんの屋台。あの頃、二人はよく飲んだものだった。

退職してからの棚沢君は、息子さんと一緒に全国の百名山を巡っているとの事、うらやましい限りだ。また、夫婦二人で精魂込めておいしい野菜を作り、一郎にもおすそ分けしてくれる。時折一献傾けながら、山の話など聞かせてもらうが、これからも末永く奥様と幸福な人生を送って欲しいものだ。長い間会社を支えてくれてありがとう。

この頃では一郎も、若い頃のように山を歩く事もなくなった。昔、歩いた北海道の礼文岳、それに旭岳や緑岳など、アルバムをめくりながら、当時を懐かしんでいるだけの空しい日々になってしまった。何しろ82歳だ。頼もしい社員達に囲まれ、今日まで夢と冒険の日々を送ることができた。これからも悔いのない人生を過ごしたい。

いつの時代もそうだが、こんなありがたい社員ばかりだと会社経営も楽なものだが、そんな嬉しい事ばかりとは限らない。中には、とんでもない社員もいたりするものだ。

ある時、会社の隅にある、使わなくなった機材などが入っている倉庫を覗くと、飲料水の缶を前に置いて一人の従業員が座っている。何をしているのだと聞くと、返答がない。きっと仕事を抜け出して、この場所で仕事を放棄、怠けているのだろうと一郎は思った。なぜならば、この社員は時折所在不明になる人物で、大騒ぎの末に社員全員で探し始めると、突然、倉庫や建物の中から現れる不思議な人物だった。何をしているのかと再三尋ねると、仕事がないのでこの場所にいるのだという。誰もいない、しかも、明かりもついていない暗闇の物置の中にじっと一人で、何時間もいるというのだから驚く。隠れている方が仕事をするよりも楽だと思っているのだろうか。会社のために懸命に働いてくれる者もいるかと思えば、こんな怠け者もいる。世の中には色々な人間がいるものだ。そんな社員を何とか鍛え直そうと時々叱る事もあるが、一向に聞く耳を持たない者もいる。嘘で固めたような言い訳ばかりする者もいて、世の中さまざまだ。せめて一郎の会社に勤務している間に、働く楽しさを知ってくれれば嬉しいのだが……。

安らかに眠れ

大利根陸運が開業して以来、忘れようとしても忘れられない悲しい出来事を思い出す。それは一郎や社員一同にとって涙なしには語る事のできない二人の社員の事である。

今から十数年ほど前、同じ頃に入社してきたJ君とK君という二人の社員がいた。この二人はとても仲が良く、本当の兄弟だと言われても分からないくらい、気の合う独身同士で、K君は群馬県のある町のアパートに住み、J君は熊谷市内のアパート。どちらが自分の家だか分からないくらい、今日は、K宅、明日はJ宅、泊まったり泊めたり、それは、仲のいい二人だった。一郎の会社での在籍年数は、二人共、同じようなもので14~15年といったところか。年齢はJ君の方が、何歳か年上であったように記憶している。

とにかく気の合う二人で、休みはどこに行くのも一緒。仕事はどちらも真面目で、ほとんど欠勤もない。その点は言う事のない二人だが、欠点と言えば二人とも無類の酒好きだった。性格はおとなしく、口数も少ない。同僚だけでなく誰からも好かれ、人のよい二人だったが、酒と女にはからっきしだらしがなかった。二人がなじみの居酒屋で一杯飲んでいる間は何もないのだが、酔いが回るといつもの通り、向かうのはキャバクラ。せっかく働いた給料を女の子に巻き上げられ、翌日は食事にも事欠く始末。そのたびに周りの同僚や友人達から借金するのを見て、たまりかねた一郎の妻の栄子が

「そんな事でどうするの。貯えもなくては結婚して家庭を持つこともできないでしょう」

と説教した。その後、少しは良くなったように思っていたが、栄子から

「何度言って聞かせても一向に分からない人達だから、どうしたものか」

と一郎に相談があった。一郎は早速二人を呼び、

「お前達は家庭も持たず、家族もいない。この先どのように過ごして行くつもりか。人生を何と心得ているのか」

と説教すると、二人は口を揃えて、

「会社を退職したら、同じ老人ホームに入って二人で仲良く老後を送ります」

と言い出す始末。

ある日、栄子の説得もあって、

「月々の給料からいくらか差し引いて、貯金をしてもらえませんか」

とJ君自ら、申し出た。少しは説教が効いたのかもしれないと喜んだ栄子は、J君の給料から月数万円を天引きして貯金をした。ところが、金額が100万を超えてくると、決まって車が欲しい、何が欲しいなどと言い出し、お金を使おう

とする。もちろん、本人の貯金だから、その意思にまかせる以外ないのだが、貯金が少し増えたと思うと、あっという間に使い果たし、元の木阿弥。栄子が何度言って聞かせても、同じ繰り返し。挙句の果ては、同僚達に
「俺の貯金した金を奥さんが渡してくれない」

と言いふらす始末。流石に栄子も呆れ果て、

「好きなようにしなさい」

と怒り出した。

「もう二度とあなたの天引き貯金はしません」

栄子が怒るのも無理はない。これまで何度も一定の金額が貯まるたび、口座にある全額を引き出して使ってしまう。今回も100万を超える金額を、なんと一週間で使い果たしてしまった。それから半年ばかりの間、金がなくなると、二人で融通し合ったり、仲間の社員から借金したりして何とか凌いでいたが、給料日の前になると元気がない。訳を聞くと何も食べてないと言う。それを聞いた栄子は「それでは仕事に差し障る」と仕方なく給料から前貸しし、食事代を渡す。

そんなある日、J君が欠勤した。あの真面目な男が欠勤だなんてどうしたのだ

と聞いてみると、会社の健康診断で腹部に異常が見つかり、精密検査を受けるように指示されたらしい。すぐに市内の病院を受診したところ、癌が発見されたという。しかも胃癌の末期で、医師の話ではここまで来ると手の施しようがないという事だった。それを聞いて社内は騒然となった。重苦しい空気が漂い、誰一人声を上げる者もない。事務所の中は、暗い雰囲気に包まれた。その場に居合わせていたK君。茫然とした面持ちで仲間の話を聞いていたが、しばらくするといたたまれなくなったのか、突然「Jさぁーん」と叫んで、事務所の外に飛び出して行った。それから一カ月後、J君の訃報が届いた。

その数日後、今度はK君が会社に退職願を提出してきた。理由を聞くと、故郷の青森に帰るのだという。思いとどまるように懸命に引き止めたが、頑として首を縦に振らなかった。彼の故郷では、年老いた母が弟夫婦、それに三人の孫と共に暮らしているのだと本人から聞いたことがある。果たしてそこに、彼の居場所はあるのか。何度尋ねても、彼はただ寂しそうに笑っているだけで、答えようとはしなかった。他の社員達の話では、数年に一度は故郷の青森に帰っていたようだが、K君が家に帰ると、年老いた母親がコツコツと貯めていた年金を、息子可

愛さにこづかいと称してあげるのだという。それを見ていた弟の妻が
「50歳を過ぎた息子に20万、30万というお金をあげるのなら、家にもあなたの孫が三人もおります。そんな大金があるなら、孫達にもあげてください」
と言い、母親と口論になったらしい。それを見ていたK君は
「自分が帰省すると母親が可哀そうだ」
と同僚たちに漏らしていたようだが、本来ならば年老いた母親にK君から
「お母さん、わずかですが」
とこづかいをあげるべきではないのだろうか。そうなれば家を守っている弟の奥さんや子供達も、叔父であるK君の帰省を大歓迎してくれるだろう。感謝されるのは悪い気分ではないと思うのだが。自分のためにだけ使う金は惜しげもなく使えるが、人のためには一銭の金も使いたくない。そんな人間はどこにでもいる。彼もどちらかと言えば、そういう所が多分にある人間だったのだろうか。そのために、彼の帰省は歓迎されてはいなかったようだ。きっと帰る場所がなかったのであろう。一郎はそんな噂を社員達から漏れ聞いていたので、薄々事情は承知していた。この会社で働いてさえいれば仲間達もたくさんいるし、寂しくはない。こ

こにいるのが、K君には一番良い事だ。何とか引き止めようとするのだが、一向に首を縦に振らない。一郎は、もうこれ以上引き止めるのは無理だと判断し、退職届を受理した。

「元気でなー」

これが、K君と交わした最後の言葉になってしまった。それから2カ月ほどして、彼の住んでいた地域の警察署から、K君が自宅で首を吊り自殺した、と連絡が入った。突然の訃報に接し、一郎は言葉を失った。書置きらしいものが一枚残されていたらしく、それには

「兄貴分のJ君が病没し、一人になってしまった。これでは生きていても仕方がない。自分も兄貴のところに行く」

と記されてあった。あの時、どんな事をしてでも止めるべきであった。一郎はこの時ほど、自責の念に駆られた事はない。止められなかった自分を悔やんだが、どうする事もできなかった。後悔先に立たずとは、この事だ。一郎は、一度に二人の子供を失ったような、深い悲しみの底に突き落とされた。あれからしばらくの時が巡ったが、悲しみは今も癒える事がない。今頃はあの世とやらで二人仲良

く、好きな酒を酌み交わしていることだろう。二人の行きつけだった居酒屋の前を通るたびに懐かしさと悲しさが入り混じり、一郎は胸が締め付けられるような切ない気持ちになる。

消えてしまった570万円

極貧の中を、夫婦二人で爪に火を燈すようにしてやって来た小さな事業。家族のためにも何とか成功させなければ、と毎日必死の思いで頑張って来た。最初から資金があって始めた事業ではない。生活のすべてを切り詰め、どんなにわずかであっても余分な金はすべて運転資金に回し、人には言えないような、それは貧しい暮らしに耐えて来た。気が付けば、昭和50年に創立した大利根陸運は約43年の歳月が経過、従業員総数は2社で合計約500名に近い数となった。

試行錯誤の末にたどり着いたのは、会社経営の根本は社員間の協力が何より大事ということであった。そのために、社員の親睦を深め、結束を強くして行く事が必要だと判断した一郎は、「大利根陸運株式会社社友会」という名称で、親睦会を結成する事にした。年一度の親睦旅行、それに冠婚葬祭時の見舞金などの支給を含めて、毎月給料の一部を積み立てしようという会員からの提案もあり、雑費も含めて毎月1500円を積み立てる事になった。それらを給料から差し引いて、年に2回、社友会に小切手で払い戻すことにし、約20年間に渡り実行して来た。こうして順調に成長する会社の姿を見て、小さな事業も何とかなりそうだと密かに喜びを噛みしめていた矢先、とんでもない事件が発覚した。

ある時、社友会の帳簿で570万円もの金額が不足している事が判明し、社内で大騒ぎとなった。どこに消えてしまったのか。徹底的に調査した結果、さまざまな事実が浮かび上がって来た。原因について精査した結果を警察に相談したが、証拠のはっきりしないものは受けられないので弁護士に相談しなさいと言う。警察が頼りの一般市民にはいかんともしがたく、早速、社友会総会が開催された。協議を重ねた結果、弁護士にお願いするしかあるまいという事になった。役員達が弁護士事務所を訪れ相談し、民事訴訟を起こす事を決定。消えた金額570万を取り戻すべく、告訴に踏み切ったのであった。

それを聞いて、さすがの一郎も驚いた。日々仕事に没頭している社員達に、社友会の経理が正常に運営されているか否か、常に監視するのは難しい。そんな隙を突かれたとしか思えない事件だ。そんな事になろうとは、誰一人として考えなかったに相違ない。

一郎は言い知れぬ悲しみと共に体の力が一気に抜けて行くのを感じた。

社員一同の怒りは頂点に達した。これまで何度か不審に思った事もあったが、あまりの忙しさに社友会の経理状況について監査をしている暇もない。ましてや総会などやっている時間がないとほったらかしにして来た事は紛れもない事実だ。その間、社員数は増加の一途をたどり、整理のつかないほど多忙を極めた事もあって、年一度の決算報告も実施できなかった事は痛恨の極みと認めざるを得ない。今回の事件はそうした隙を狙われたと言う他ない。一郎自身、決して油断していたわけではないが、社員のささやかな楽しみを奪う結果となったことは、ただただ後味の悪いものだった。

盗まれていた通行券

悪いことがあった時ほど負の連鎖は続くもの。社友会の事件から一年もしないうちに、とんでもない事態が発覚した。営業車が貨物輸送時に使用する高速道路の通行券20枚の内、一枚がなくなったという事態が発生した。通行券は会社の事務所内に担当の者が保管しており、他の者は手にする事ができないようになっていた。どこかにしまい込んでいたのか、または部屋のどこかに落としてしまったのではないか、あらゆる場所をくまなく探してみたが、どこにも見当たらない。

しばらくの時が巡り、高速通行券の紛失を忘れかけていたある日、道路公団の事務所から一通の請求書が届いた。高速道路を使用した請求書である。その中身を見て、担当の社員が仰天した。紛失したと思っていた高速の通行券を使って、当社が所有しない車両が高速道路を使用していたのである。公団に問い合わせたところ「貴社名義の高速カードが使用されています。間違いありません」と言う。これは何者かが高速道路の通行券を不正使用している事になる。早速、弁護士にお願いして調査を開始。幸いな事に、カードが5年毎の切り替えの時期に当たり、過去5年間の使用記録が判明した。不正は5年も前から行われていた事になる。カードを紛失した日時と、不正使用していた時期が一致している。そういえば当時は、社員全員に聞き取り調査をしたが、社員からは何の反応もなかった。カードには会社名も明記されており、どこかに落としたものならば、届け出があってもよいはずである。これは紛失ではなく、盗まれたとしか言いようがない。何者かによって持ち出された事になる。なぜならば、陸運事務所から届いた請求書の中に不正使用していた車のナンバーが記載されており、その中に使用ナンバーと所有者が明記されている。使用されている高速道の区間も克明に記録されている。保管場所からカードを持ち出し使用したとされるのは、3台もの車両を所有し、そのカードを交互に使って不正使用していた人物。不正使用されていたのは、ほとんど日曜日だった。大利根陸運では、勤務時間の制限もあり、一切営業はしていない。つまり、通行券の使用はあり得ない。記録にあった車の行き先は茨城県の海水浴場や飛騨高山、あるいは富山市など、観光地と言われる場所がほとんどで、それを知った社員は勿論、一郎もその大胆な犯行に驚きを隠せなかった。

調査の結果、盗まれた通行券は、一枚ではなく三枚と判明。所有者は3台の車両を交互に取り替えて使用している。犯行をごまかすためとしか思えない。しかも5年以上もの間、不正に使用されていた。不正金額は合計40万円以上にもなった。このまま放置すれば第2、第3の不正事件が起こりかねない。会社では、社員の間でさまざまな憶測が飛び交い、大騒ぎとなった。いったい誰が、一度ならず二度までもこんな事件を起こすのか。

人間は、いかなるところで間違いを犯しているかは分からない。そんな不正を会社の中でやっている者はいるはずがないと、誰もが考えるのは当然だ。完璧な人間はいない。魔が差したということもある。もし、自分の子供が間違いを犯したとしたら、注意して正しい方向に戻してやるのが親として当然の事だ。一郎も自分の会社の中に、そんな人間がいるとは考えていないが、もしそんな人間がいるとすれば正しい方向に戻してやることが経営者の責務だ。いかに心が荒廃したとはいえ、人の物を盗むなどという悲しい事はやってほしくない。こんな事件が二度と起こらないでほしい。一郎も、社員たちも、深い悲しみの底に沈んでしまった。

一郎は、刑事告訴に踏み切った。貧しく食べる事さえ困難な戦後の時代を、懸命に生き抜いて来た少年時代。当時の親達は、いかなる理由があろうとも、人をだましたり、他人の者を盗んだりする事は許さなかった。敗戦国になったとはいえ、誇りを捨てなかった日本に生まれた事を、少なからず誇りに感じて生きた当時の子供達。戦後の日本は、国民の努力によって、不可能と言われた復興も見事に成し遂げた。豊かで便利な国になった日本。しかし、その裏で日本人が一番大切にして来た道徳心が失われていくような国になってはならない。人としてどのように生きて行くべきか。日本人が一番大切にしてきた、人としての誇り。経済的な豊かさを手に入れる事だけに気を取られて、どこかに忘れて来てはいないか。

昨今、新聞、テレビ等で報じられる凶悪な犯罪を見聞きするたびに、あの頃の日本とはどこか違った国に来てしまったような気がしてくる。戦後の食糧難の時代、子供達は、食べ物を分け合い、助け合って生きて来た。あの頃が懐かしい。

世代交代

この頃、同業者の集まりや地域のさまざまな集会などに一郎が出掛けると、必ずと言っていいほど話題に上るのが世代交代の話である。後継者との交代がスムーズに行かず、経営に支障を来す、あるいは親子関係が悪くなったなど、さまざまな話を耳にするようになっていた。

一郎は世代交代について、できるだけ早い方が望ましいと考えていた。その理由は、経営者には豊富な知識と経験が必要不可欠だと信じていたからだ。一郎が事業の世界に飛び込んだ当時を振り返ると、何の知識も経験もなく、さらに指導してくれる師もいなかった。そのため、すべてが手探りの状態で、不安な日々を過ごすことになった。当然、失敗することも多く、そのたびに苦汁を舐めてきた。この自身の若き日の経験があったからこそ、後継者には早めに経営を任せ、充分な経験を積ませたいと考えていたのである。

ある日、一郎は社員を集め、会社の利益向上について討論する場を設けた。その際、「物事はさまざまな角度から検討することが大切だ」と話したことを覚えていた。その話を聞いていた長男の順一郎は、数名の社員と共にある提案を持ってきた。一郎はその意表を突いた発想に驚かされたが、よく考えてみると、その提案は問題の核心を的確に捉えていた。一郎は、いつの間にかここまで成長した息子を大声で褒めちぎりたい気持ちを抑え、当然のように順一郎の斬新なアイデアを採用することにした。

順一郎の計画は大成功を収め、会社の利益は一気に向上した。その結果、その年の決算は大きく飛躍したのである。一郎は息子の成長をまだ先のことと考えていたが、予想以上の成果を見せた順一郎の姿に嬉しい誤算を感じていた。息子を中心とした社員たちの懸命な努力の跡は、はっきりと目に見えるものだった。息子がここまでの知識と能力を身に付けていることに気づいた一郎は、以前「少し早いかな」と考えていた社長交代を、すぐにでも実行に移すことを決意した。

平成24年4月1日。一郎は、二つの会社の社長を長男の順一郎に譲った。しばらくはどうなる事かと心配したが、順一郎の手腕を見て安堵したのであった。しかし同時に、言いようのない寂しさに襲われた。息子がここまで立派に成長したことはこの上ない喜びだが、自分の出番が終わりに近づいているという現実に直面していた。考えてみれば、自分の髪も瞬く間に白くなり、いつの間にか老人の姿になっていた。息子の成長は限りない喜びだったが、一方で複雑な感情が入り混じっていた。その気持ちに突き動かされるように、一郎は最近足が遠のいていた居酒屋ののれんをくぐった。

第7章

山並みの彼方へ

父親との別れ

長男の順一郎に社長職を引き継ぎ、10年以上の歳月が経過した。社員の先頭に立って奮闘している姿を見ていると、交代直後はあれこれと心配もしたが、今考えると取り越し苦労であったように思う。

最近は自信もついて来たのか、経営者としての姿も様になって来た。肝心の経営手腕もなかなかのもの。特に営業は得意のようで、関東地方はもとより、大阪や九州まで足を運び、着実に成果を上げている。それを見て、もはやこれ以上、親の古い意見を押し付けても逆にマイナスになると考えた。余計な事は言わず、天空を羽ばたくオオタカの如く、自由闊達に飛んで行くのもよかろうと黙認している。

長女の尚子も、専務取締役として、また品管の総責任者として率先して職務に当たっている。特に女性のするどい感覚は、細かいところまで目が届き、得意先もその適性を高く評価している。社員からの信頼も厚く、二つの会社の専務取締役として、その力を遺憾なく発揮している。

二人とも大変な子供時代を過ごして来たが、結果的にはそれが役立ったようだ。長かった貧困生活は影を潜め、少しずつではあったが、人並みの生活が送れるようになってきた。

ここまで来るのに、長い時間を要したが、何とかやってくる事ができた。

末の娘も短大を卒業した後、一郎の会社に入社した。これで親子五人全員がひとつ屋根の下で働く事になった。それを機に、一郎は、念願であった自宅の新築に取りかかった。今までは、ご先祖様から受け継いだ450坪の敷地に建つ大きな藁ぶき屋根の家で、父親の前、すなわち、祖父の代に建てたものだった。今まで住んでいた家を取り壊して進められる新築工事は、完成まで一年近くかかる予定だ。

ところが、そんな時に限って不幸が舞い込む。あれほど健康で頑健な父、芳正が胃癌のために他界した。一郎が両親のために建てた別棟の完成も目前、新居に住めるとあんなに楽しみにしていたのに、この世を去ってしまった。享年84歳。胃癌の発見が遅れ、医師から余命3カ月と宣告されたが、本人には一切知らせなかった。父は生前、病院の治療を受けた事がないのが自慢であった。それが原因で、発見が遅れてしまったなどとは、本人は思いもよらなかったに相違ない。

芳正は入院中、医師の計らいで、一日だけ帰宅を許可されたが、その時、完成間近の新居を覗いて、「これが俺たちの住む部屋か」と嬉しそうにしていたその姿が、今でも一郎の目に焼き付いて離れない。人の一生とはなんと儚いものか。「世話になったなぁー」と言い残して、あの世へと旅立って行った父の芳正。苦労の連続、そんな言葉が、ぴったり当てはまる生涯であった。

10歳の時に父親を亡くし、女手一つで育てられた芳正は、あらゆる困難を押しのけて、母と共に5人の兄弟を育て上げ、一家を支えてきた。その間には戦争も体験。関東軍の兵士として満州に出征した。帰還後、母と共に家業の農業に従事。町議会議員を3期務めたほか、消防団長や多くの要職に就き、84年の生涯を閉じた。

子供の教育には厳しすぎるところもあったが、それも今考えれば、子供に対する愛情の表れだった。立派な人間になってほしい、そう願えばこそであり、あえて厳しくしつけたのに相違ない。若い頃の一郎は、親の心を多少は理解していたつもりでいたが、若気の至りで反発して家まで飛び出してしまった。子供に反抗された親の悲しみなど考えた事もなかったが、自分が至らなかった故に父親にはとんだ苦労をかけてしまった。いまさら後悔しても始まらないが、親として馬鹿息子に言いたい事もたくさんあったに相違ない。

野辺送りの日に弔問に訪れた父の友人から、生前、芳正が「うちの息子はきっと立派な経営者になってくれるだろう」と、嬉しそうに話していたという。その話を聞いて一郎の口から思わず嗚咽が漏れた。

葬儀の翌日、一郎は誰もいない自宅脇の倉庫の陰でそっと涙を拭いた。人間の一生って、なんだろう。親父の生涯は幸福だったのだろうか。それだけは、どうしても聞いてみたかった。恩返しの真似事すらできず、苦労ばかり掛けて、あっというまに逝かれてしまった。子供を持って初めて分かった親心。後悔先に立たずとは、この事だ。

12月2日は芳正の命日だ。墓前にひざまずいて親不孝の数々を詫びながら、三人の孫達が頑張っているよ、と報告するつもりだ。

お父さん、感謝しています。ゆっくりお眠りください。

偉大なる父へ。馬鹿息子の一郎より。

病魔との戦い① 大腸癌

人の一生には何が起きるか分からない。昨日まで元気だった人が、翌朝には冷たい躯となってあの世へと旅立ってしまう。世間では、よくある話だ。

一郎は幼い頃から健康そのもの、病気など無縁だと考えていた。

幼い頃から大自然の中で育って来たせいか、アウトドアが大好きで、中でも渓流釣りや鮎釣りは誰にも負けないと自負していた。また、山菜採りやきのこ狩りなども、山の奥深くに分け入り、竹籠一杯、背負いきれないほど収穫した。鮎釣りは釣歴40年を超え、北は北海道、南は九州に至るまで、釣り歩くほどの釣りマニア。イワナ、ヤマメは、東北は元より、北海道は道南へ。鮎は、日頃よりお世話になっている内田クリニックの院長先生と飛行機に乗って九州は球磨川まで釣り歩く、釣りバカである。

新緑も眩い5月の終わりに近いある日、釣友達と連れ立って、イワナ釣りのホームグラウンドでもある山形県の鳥海山に釣行した時の事であった。イワナ釣りには絶好の季節、3泊4日の釣り旅は順調な滑り出しで、一郎も含め、釣り仲間3人と満足のいく釣果に上機嫌。行きつけの宿で、山形の銘酒「盾の川」を傾けて夕餉の膳を囲んでいた。すると突然、一郎が腹痛に襲われた。飲みかけた地酒の瓶を脇に押しやり、横になってしまった。普段から健康自慢の一郎が体調を崩すなどとは夢にも思わない。友人達も気にする様子もない。今日の釣行は上流まで釣り上ったので疲れが出たのだろう、くらいにしか考えていないようだ。ところが一郎が、いつまで経っても起きないので、友人の一人が押入れからふとんを出して敷いてくれた。「ありがとう」と礼を言うのもやっとの事で、ふとんに横になった。その後は、何がどうなったのか分からないまま一時間ほど経過したが、腹痛は一向に治まる様子がない。何かよからぬ物でも食べたのだろうか。あれこれ思案してみたが、思い当たる節もない。北は北海道から南は九州まで、幾多の釣行を繰り返して来たが、こんな事はただの一度もなかった。どうしたのだろう。不安ではあったが、しばらくすると痛みもなくなり、元の状態に戻って来た。その晩は早めに食事を切り上げ、床に就いた。

翌朝は普段と変わりなく朝食を食べ、宿を出たが、腹痛は嘘のように消えて、日頃の元気な状態に戻っていた。昨夜の一郎の腹痛を心配した釣り友達は、家に帰ろうと言ったが、せっかく来たのだから、といつもの日程通り、北側の秋田県本荘市に回りこみ、子吉川の上流で一日釣りをして翌日帰宅した。その後、数日が経過したが、何の異常も感じられず、これならば大事はあるまいと安堵し、数カ月が経過した。

ところがある日、同じように腹が痛み出した。さすがにその時は、ずぼらな一郎も不安を感じて、日頃親しくしている熊谷循環器病院の星院長先生に電話で相談した。

「明日病院に来なさい、検査しましょう。奥さんも一緒に来なさい」

そう言われ、次の日、病院に行くと、ＣＴによる検査を実施。星院長の奥様で医師の敏子先生が、レントゲンの結果を見て、一郎にフィルムを渡した。

「谷川さんの検査結果です。これを持って、あなたの家の近くで開業している内田クリニックを受診してください。『内視鏡の内田』と言われる名医が院長です。谷川さんの腸には異常があるので、すぐに診てもらってくださいね」

なるほど、敏子先生は、一郎のずぼらな性格を見通して念を押したのだろう。病状が進んでいたとは露ほども知らない当の一郎。ところが、いつもにこやかな敏子先生の顔に、緊迫した表情が漂っている、そう感じ取った一郎は、翌朝、敏子先生から渡されたフィルムを持って内田クリニックを訪れ、院長先生に診てもらうことにした。幸いな事に、一緒に受診した妻の栄子は異常なしだったが、一郎は持参したフィルムを手渡すと、院長先生は診た途端、即座に「大腸癌ですね」と告げた。

「一刻を争います。紹介状を書いておきましたから、群馬県太田市の東毛がんセンターの外科部長先生のところに行ってください。入院の用意をして急いで行ってくださいね」

なんだって！　俺が大腸癌？　何てことだ！　これは大変だー。

一郎は内田先生の紹介状を携えて、群馬県太田市にある東毛がんセンターに駆け込んだ。そして、そのまま入院し、各種検査を行ったところ、間違いなく大腸癌を発症しており、レベル3と診断された。その数日後、名医の呼び声も高い外科部長先生の執刀で、数時間に渡る手術も無事成功。先生や看護師の手厚い看護のおかげで、1カ月後に退院の日を迎えることができた。これで元のような元気な体に戻る事ができる。今まで健康そのもので医学に関して無知な一郎は簡単に考えていたが、どっこい、そうは問屋が卸さなかった。その後、抗癌剤治療が6カ月ほど続くという。何の知識もない一郎は、通院での抗癌剤治療と言われ、自宅から通える治療であればそれほど大変ではあるまい、と簡単に考えていた。ところがそれは、とんでもない勘違いだった。想像を絶するような塗炭《とたん》の苦しみを味わった。抗癌剤治療は、一郎の想像をはるかに超えた苦しいもので、頭痛、吐き気はもとより、意識が混濁して車に乗る事もできなかった。さすがの一郎も110キロあった体重は、90キロにまで減っていた。苦しい日々が続き、治療の終了を指折り数えて待つ日々が続いたが、何とか峠を越えたのは、抗癌剤治療を始めて6カ月経過した頃であった。

治療は終わったが、外出もできず、間もなくストレスが溜まった。車に乗る事を禁止されていたにも拘わらず、家人にも内緒で栃木県那須へ車で出掛けたまでは良かったが、その帰り道、館林方面に降りるべきなのに、どう勘違いしたのか、反対の板倉町方向に向かっていた。誤りに気付いて引き返す途中、高速道のガード下の壁に車を擦り、大切にしていた愛車に傷をつけてしまった。18歳で免許を取得して以来、事故など一度もなく今日まで来たというのに。どうしたのだろう。どうも感覚が狂っているように思えてならない。無理もない。1年以上ハンドルを握ってなかったのだ。それに、何よりも抗癌剤の影響があるようだ。担当医が、「車には、乗ってはいけません」と言ったのはこの事だったのか。医者の言う事は聞くものだ。いまさら後悔しても間に合わない。一郎は傷ついた愛車を眺めながら、俺は、なんと馬鹿な奴だと、自己嫌悪に沈んだ。

病魔との戦い② ひざ関節症

大腸癌の抗癌剤治療も終えて、やれやれと思っていた矢先、今度はひざ関節症という病魔に襲われてしまった。治療のための入院は一カ月余り。若い頃から健康自慢で、大好きな山野を風のように飛び回って来た。その自慢の足に異変を感じるようになったのは、大腸癌の手術を受けた数カ月後の事であった。右の膝が歩くたびに痛い。今までこんなことは一度もなかったのに、これはいったいどうした事だろう。市内はもとより、群馬県内に至るまで、周辺の病院を手当たり次第に訪ねて治療を受けたが、一向に回復しない。その後、あらゆるところから情報を得て、前橋の善州会病院にたどり着いた。山田先生という若い先生の診察を受けたところ、ひざ関節症と診断された。一郎は懇切丁寧に説明してくれた山田先生に感激。手術を受ける事にした。

先生の説明によると、ひざ関節症は、一郎が大腸癌のために一年近く治療を続けた間、極端な運動不足に陥り、それが災いして筋肉が減少したことが原因の一つにあるようだ。もう入院はたくさんだ、と思っていた矢先にひざ関節症と診断され、手術は一度も二度も同じようなものだと覚悟を決めた。悪い所があればこの際、全部治してやろうじゃないか、と居直りを決め込んだまでは良かったが、いざ手術となると不安が募る。手術は「骨切り術」といって膝の骨を削り合わせる大手術らしい。こうなったらどうにでもなれとばかり、捨て鉢気味で手術を受けた。幸い、山田先生という若き名医のおかげで手術は無事終了。その1カ月後には松葉杖での退院となった。しばらくは、歩く事もままならない状態が続いたが、毎日のリハビリのために前橋まで通う事になった。歩行が困難のために、松葉杖を使っての通院。息子や娘、それに妻の栄子まで加わり、交代で送迎。一家総出の大騒動となった。

それから数年が経過し、膝は順調に回復して事なきを得た。手術をしてくれた山田先生は、故郷の名古屋で開業した。時折、術後の経過を気遣って電話をくれるありがたい先生だ。いまだに交友が続いているが、互いに忙しく、お会いする事ができない。先生の事だから、病院もさぞかし繁盛し、忙しい毎日を送っているることだろう。折を見て一度訪ねてみたいものだ。

病魔との戦い③ 前立腺肥大症

もう金輪際、手術も入院もこりごりだ、二度と御免だ、と思っていたが、その直後、今度は前立腺肥大症という、とんでもない病魔に取り憑かれてしまった。今度は近くの病院で手術を受ける事にしたのだが、この短期間に3回目の手術。担当の先生が言うには入院から退院まで1カ月が必要だという。そうなると、一年の間に通算4カ月に及ぶ入院期間という事になる。いかに鈍感な一郎であっても、今回だけは腰が引ける。しかし現状は、頻尿により一晩で5回前後もトイレに行く事になる。これでは眠る事さえできない。思案の末、これを最後の手術にしたいと念じ、勇気を奮って手術を決断した。

これまでの手術はすべて、麻酔薬が切れる前に手術を終えた。同様に、麻酔薬が切れる前に終えれば痛みはあるまい。一郎は、今までの手術と同じように、いとも簡単に考えていたが、あまりの違いに愕然とした。麻酔が切れると同時に、痛みが増すのである。人間の一番敏感な部分を切ったのだから、痛いのは当然だ。朝まで一睡もできない。何より一番辛いのは放尿をする時だ。つま先から頭のてっぺんまで、衝撃が走る。痛いなどというものではない。放尿するたびに額にべっとりと冷や汗がにじむ。まるでキリでもまれるような痛さだ。しかも、それほどの激痛が一週間以上続くのだからたまらない。そのたびに手術をした事を後悔したが、後の祭り。そんな思いをしてまで、行った手術にもかかわらず、頻尿の回数は減っていくどころか、一向に変わらない。手術は成功したとは言い難い。しばらく続く痛みに閉口したが、日が経つにつれて、わずかずつ痛みが消えて行き、何とか平常に戻ったのは一カ月を過ぎてからであった。なぜこんなに痛い思いをしなくてはならないのか、我が身の不運を嘆いた。自宅に戻ったのは、秋も深まり行く10月も中旬の事であった。

ただ、ありがたい事に、入院中ずっと気になっていた二つの会社も、妻や子供達が懸命に頑張ってくれたおかげで何事もなく、胸をなでおろした。今、しみじみ思うのは、人間にとって一番ありがたいのは健康であるという事だ。この先、何年生きられるかは天が決めるもの。その天命の続く限り、会社の発展と一族の繁栄を見守りたい。

病魔との戦い④ 濃厚接触者

70歳を過ぎてから、大腸癌、ひざ関節症、前立腺肥大症、心気症など、一郎は次々に病魔に取り憑かれた。通算4カ月にも及ぶ入院生活。先生や看護師の手厚い看護のおかげで、身体の悪い個所は完治して、これで何とか平穏に日々を送ることができそうだ、と安堵していた。

その頃、世間では、新型コロナウイルスというとんでもない病気が流行し、世界中が混乱に陥った。でも一郎は、自分は都会の雑踏の中に出て行くわけでもないから、コロナに感染する事もあるまい、と高を括っていた。ところが、ある日突然、保健所から電話があった。

「濃厚接触者の疑いあり。市内の病院に入ってください」

「ええっ？　待ってください。どうして私が、濃厚接触者なのですか？」

「実は、あなたが経営する大利根パックの社員が新型コロナウイルスに感染しました。あなたはその社員と会食したためです」

そういえば一週間ほど前に、10名程度の社員と行きつけの焼き肉店で食事をしていた事を思い出した。一郎は一瞬、目の前が真っ暗になった。幼い頃から健康には充分自信を持っており、最近騒がれているコロナなどという病魔に侵されるような事はあるまい。このまま歳を重ねて行けば、入院するような事もなかろうと安心していたのに、大腸癌を発症して以来、次々に襲ってくる病魔。これは、自分の体の中に何か気付かない大きな欠陥があるのではないか、または抵抗力が落ちてきたのではないか、と次々不安が襲ってきた。

まもなく80歳を超えるというのに、果たして大丈夫だろうか。コロナの濃厚接触者というが、感染した高齢者の重症化率や死亡率は高いと言われている。いずれにしろ、保健センターの指示に従う以外ない。次の日の朝、身の回りの品を持って、保健所から指定された県立熊谷循環器病院に行くことにした。

病院は、木立に囲まれた静かな環境の中にある。その静けさが妙に不安を掻き立て、このまま帰れなくなってしまうのではないか、そんな気さえして、一人、取り残されたような孤独感に襲われる。3階の病室に案内されて、看護師が退室すると、妙に心細くなってきた。ここで幾日過ごしたら、家に戻る事ができるのだろうか、そんな事を考えていたら、急に不安になってきた。部屋の外へは出る事を禁じられているので、もっぱらテレビ鑑賞をして過ごす以外ない。ところがその日の夕刻、とんでもない事態に遭遇することになった。

午後6時を少し回った頃だったろうか、部屋の前の廊下を突然、慌ただしく行き交う人の足音が聞こえてくる。なんだろう、これはただ事ではない。外を見ることができないので、余計に好奇心を掻き立てられる。よく分からないが、多分、看護師さんの足音に違いない。他に行き交う人はいないはずだ。しばらくすると、隣の部屋から若い女性の声が聞こえた。聞き耳を立てると、紛れもなく隣の部屋からのようだ。最初は、数人の声が入り混じって聞こえてきたが、その後、何やら叫び声に変わり、看護師が誰かの名前を呼んでいるようだ。「頑張って」「しっかりして」と懸命に励まし続けているように聞こえる。その様子を聞いていた一郎も、思わず手に汗を握り、心の中で頑張れと叫んでいた。しばらくそんな状態が続いていたが、突然「〇〇さん！」と看護師の大きな声がした途端、ぴたりと声が聞こえなくなった。数分間、すべての音が消える沈黙の世界。その後、どれほどの時間が経過したのか、再びバタバタと廊下を走る大きな足音がして、一瞬、慌ただしくなったが、再び元の静けさの中に戻っていった。隣の部屋の患者が急変したのか、もし、そうであれば無事でありますように、と一郎はひたすら天に向かって祈った。その晩は、なかなか眠る事ができなかった。数年前に大腸癌を摘出した手術の事などが次々に思い出され、消灯時間を知らせるチャイムを聞きながらも、しばらくは眠る事ができなかったが、いつの間にか深い眠りへと引き込まれていった。

第7章
山並みの彼方へ

翌朝、看護師の巡回時に昨夜の話を聞いてみると、患者さんは若い女性で、コロナに侵されて天国に召されたという。気の毒にも親族の付き添いも許されず、必死の看護の甲斐もなく、たった一人で旅立ったそうだ。うら若き身で、これからの夢や希望もあっただろうに、なんという悲しい事か。さぞかし無念だったに相違ない。それを聞いて一郎は、思わず涙をこぼした。

コロナという病魔は、なんという恐ろしい奴だ。こんな病はこの世から早く消えてほしい。一郎は、無念の死を遂げた見ず知らずの女性の霊に、心の中でそっと手を合わせて冥福を祈った。

それから2週間。閉ざされた病室の中で、テレビとにらめっこの毎日が続いた一郎だが、隣室の患者さんの事が頭から離れる事は無かった。

退屈と不安の2週間が過ぎた日、担当医師から「明日は退院できますよ」と言われた。聞いた途端、嬉しさの余り、思わず大きな声で「やったー!」と叫んでいた。目の前がパーッと開けて、何とも爽快な気分になったが、あの日逝ってしまった女性の無念を思うと、人の命がいかに儚く空しいものか、一郎の心に深い悲しみが広がり、消えることはなかった。80歳を過ぎた老人が生き残り、これからの時代を背負って立つ若い人が亡くなってゆく。何という不条理な事か。申し訳ないような後ろめたい気持ちを引きずったまま、病室を後にした。

医師と看護師にお礼を言い、無事に退院したが、「元気でねー」と見送ってくれた医療スタッフの言葉に、一郎は感極まり、思わずホロリと涙が落ちた。

人生の教え

人間、歳を重ねる度に、足や腰など悪い所が増えてくる。

今や一郎82歳、栄子は80歳。共に80代を迎えた二人は、歩行さえ徐々に困難になって来た。特に一郎は、昔のように渓流釣りや鮎釣り、また、ワラビやシドケ、ウコギなどたくさんの山菜を背負いかご一杯に入れて野山を自由に歩き回ったあの頃の元気は、どこにもない。一郎は、11年程前に、ひざ関節症になり手術した。その後、何とか歩けるようにはなったが、以前のように野山を走り回ることは難しい。

栄子は数年前からパーキンソン病を発症して通院治療中。足が不自由で歩行中何度も転び、肩から落ちて骨折する。先日は腰から倒れて、大腿骨を骨折する大けがを負ってしまった。そんな事もあり、二人揃って病院通いが絶えない。一郎は栄子のように倒れる事はないが、季節の変わり目などは手術痕が痛む。栄子は足がもつれて倒れる危険があるため、家族の者から「なるべく動かないように」と再三注意を受ける始末。しかし、頑固な彼女は、周りの言う事を聞かずに動き回っては何度も倒れて肩や腰を強打し、挙句の果てには骨折して入院する結果を招き、最後はお決まりの愚痴が出る。それを聞かされる家族の者達はいささか閉口気味になる。

ある日、一郎の足にむくみが出た。そこで、栄子と二人で受診することにした。病院で受付を済ませ、待合室で順番を待っていると、隣で栄子が見知らぬご婦人と楽しそうに談笑している。珍しい事もあるものだ、と思って見ていると、栄子が立ち上がり一郎のところにやって来て、

「お父さん、とても素晴らしい方に出会いました」

と嬉しそうに話し出した。

「それは良かったね、どんな人かね」

と尋ねると

「あちらにいる中島さんとおっしゃる方です。お父さんもご挨拶してください」

と言うので、妻の後をついてゆくと、そのご婦人のもとに連れて行かれた。

「はじめまして、谷川です」

と、型通りの挨拶を済ませてその方を拝見すると、優しそうな品の良いご婦人である。栄子の話では現在91歳で、まもなく92歳を迎えるという。どう見ても70歳を少し回ったくらいにしか見えない。

「そんなお年にはとても見えませんが」

と申し上げると、長い間、日本舞踊を習っていたからだろう、と笑っている。どうりで足腰がしっかりしているわけだと納得。車も自分で運転し、どこでも行きたいところに行っています、との事。ご主人は数年前に他界し、市内にあるご自宅に一人で住み、娘がいるとの事だった。その娘さんも結婚して今は都会で暮らしているので、私は一人で住んでおります、と事もなさげに話した。

「お子さんは娘さんだけですか」

と尋ねると、

「はい、長男を22歳で亡くしています。流石にそのときは気持ちが混乱し、平静を取り戻すのにしばらくの時間を要しました」

と寂しそうな表情で話したが、すぐに元のにこやかな表情に戻り

「それがあの子の運命だったのでしょう」

そう言って微笑んだ。話を伺うと、さまざまな体験をしてきたようだ。

「長生きの秘訣を教えてください」

と言うと

「これといった秘訣はありませんが、苦しみや悲しみを、いつまでもくよくよ考えない事、嫌な事はなるべく早く忘れるようにしています。世の中で出合った辛い事や悲しい事は、すべて喜びに変えて生きるのが大切です」

と教えてくれた。

「人の命には、終わりがあります。それをしっかり生き切る事が大切でしょう。私は10年後に向かってある目標を立て、日々努力しています。それを達成したら、また次の目標に向かいます」

そう言って笑っている。

その姿は感動的で、とても若々しく、日々を楽しく暮らしているのが分かる。80歳や81歳で、人生が終わってしまったような考えで日々暮らしている一郎夫婦。何とも恥ずかしい限りだ。先の目票に向かって努力を続ける中島さん。達成したら次の目標に、と目を輝かせて話す姿に、栄子は涙を浮かべながら見入っている。パーキンソン病に侵され、まるでこの世の終わりのように落ち込んでいる栄子は、人生を前向きに生きるヒントをもらったようだ。

「命に終わりがあるのは、生きる物すべてに定められた運命です。だからこそ、せっかく生まれて来た人生を、悔いの残らないように生き切る事が大切でしょう」

中島さんはそう教えてくれた。

日本舞踊が趣味の彼女は、今日はどの着物を着ようかな、と考えるのも楽しみの一つだという。一度だけの人生を、悔いのないように生きる。何事も喜びに変えて生きて行くその姿勢に、一郎夫婦は目の前が開けたような爽快な気分になった。あと何年、生きられるだろうか。そんな事ばかりを考えながら生きていた今日までの自分が、あまりにも恥ずかしく思えてならなかった。

世の中にはさまざまな人達がいて、それぞれの思いを持って暮らしている。中島さんのように、人生のすべてを喜びに変えて生きている人もいる。私たちも中島さんのように苦しみを喜びに変えて生きて行こうと心に誓った。

「夫婦はどちらかいなくなっても寂しいものです。主人を亡くした私の経験です。あなた方も健康に留意して、夫婦仲良く人生を楽しんでくださいね」

そういって中島さんは微笑んだ。御年92歳、なんと素晴らしい生き様だろう。

熊谷市から太田市に向かう国道407号線上に、妻沼という道の駅がある。そのはるか西方に、信濃の名峰浅間山の雄姿を望むことができる。あの山のように泰然自若として生きる中島さんの姿を重ねた。貴重な教えをありがとうございます。あなたが教えてくれた事を忘れず、私達も一生懸命生きて行きます。

中島さん、いつまでもお元気で……。

山並みの彼方

上越の山並みから吹き下ろす風の冷たさが熾烈を極める。今日も赤城おろしの吹き荒れる田圃の中で、少しでも寒さを和らげようと凍傷の指先に息を吹きかけながら、寒風の中で土塊を打つ。打ち下ろす農具の衝撃で手に強い衝撃が走り、血がにじんでくる。年端も行かない少年には過酷な作業だ。小さい頃から農作業の辛さを、嫌と言うほど味わって来た。これが片田舎に生まれ育った少年の宿命と、一郎は自分に言い聞かせて、ひたすら土を打つ。はるか西方の麦畑から今日も土煙が上がっている。

赤城おろしの到来だ。瞬く間に辺りは土煙に覆われ、数メートル先は何も見えない。連日の砂嵐が容赦なく顔面を襲う。あまりの激しさに田圃の脇の用水堀に避難。冬の間は水のない空堀で暖かい。風はうなり声をあげて頭上を通り過ぎて行く。冬来りなば春遠からじ。そう信じて来た一郎が、少年の頃から描いていた夢、それはいつの日か近代農法を実現して、奴隷のように働きずくめの母親を、その労苦から少しでも解放してやりたいという夢だった。

幼い頃から必死で働く野良着姿の母は、少年の心に焼き付いて離れる事はなかった。その姿を見るにつけ、いつの日か必ず母を救ってあげたいと思った。ましてや、幼い頃から農作業の辛さを嫌というほど知り尽くしている一郎にとっては悲願であった。

人々から農業が敬遠される理由がここにある。若い後継者が育たないのもそこに原因があると考えている。何とかならないものか。住んでいる集落の中でも農家を継ごうという若者はほんのわずかしかいない。朝早くから日の落ちるまで泥まみれになって働いても、わずかな収入しか手にする事はできない。だが、一郎は、何とかして農業を魅力ある職業に変える事はできないか、と考えていた。

この故郷の大自然の中で思い切り生きてみたい。農作業の合間に残雪に輝く上越の山並みを見つめていると、あの山並みの向こうにも住む人達がいることを知る。どんな人達が、どんな希望を持って暮らしているのだろうか、一度でよいから訪ねてみたい。農作業の辛さよりも、あの山並みの彼方が気になって仕方がなかった。

そんな中を、一郎は必死で生きて来た。子供の頃から父や母に、農家の後継者として生きて行くのだ、と耳にタコができるほど聞かされて育った。それゆえに一郎は、ここが自分の生涯を終える場所と決めていたのだが、どういう風の吹き回しか、事業の道を選択する事になった。26歳の時に見合いをして、24歳の栄子と意気投合。その後結婚し、三人の子供に恵まれ、家族は五人となった。結婚当時は公務員だった一郎だが、数年、家業の農業に従事した分だけ、同年代より遅れて警察官となった。そのために年齢は上だが、月給は低い。家族を養っていくのは大変な苦労であった。その頃から貧乏苦労は付いて回り、あれこれと彷徨いながら、何とかたどり着いたのは事業の道。雨の日も風の日もひたすらに働くだけ。「稼ぐに追いつく貧乏なし」とばかり、家族を支えるために必死になって働いて来た。大利根陸運を起業し、数年後に大利根パックを設立。資金の苦労は想像を絶するものだったが、夫婦力を合わせて、何とか今日までやって来た。子供達もたくましく成長し、開設当時はどうなるかと思われた小さな事業も、今では念願の目標に達することができた。どうしてここまで、やって来る事ができたのか、皆目見当もつかないが、毎日、馬車馬のように働き、「稼ぐに追いつく貧乏なし」という諺を頼りに必死に過ごして来た。気が付けば一郎82歳、栄子は80歳。人生は何事も辛抱が大切だと学んだ。特に家族全員が協力し合う事が、いかに大事かという事を教えられた。

また、忘れてならないのは、たくさんの人達による支援の数々だ。いかなる事があっても、その感謝を忘れてはなるまいと胸の奥深く刻み込んだ。一台のトラックから文無し夫婦が始めた事業は、いつの間にか一郎夫婦の予想を超え成長してくれた。資本金を返してくれとまで言われた貧困事業も、何とかここまでやって来ることができた。塵も積もれば山となる。義兄の教えに嘘はなかった。心からそう思う二人だった。

一郎の自宅の庭に一本の欅の木が植えられている。当時は直径10センチも満たず、父親の芳正が切ってしまえというほどだった。せっかく家の敷地に生まれてきた命だから、と栄子が芳正に懇願して残してもらった欅の木。今では一郎が抱えきれないほど、大きく成長した。その欅の木を見上げていると、長い年月が過ぎ去った事がよく分かる。明日はどんな日になるのだろうか、あの山並みの彼方には何が待っているのか、一目でいいから見てみたい。2人はいつもその事を意識しながら、長い道程を歩いて来た。時折、窓際の椅子に腰かけて、放心したように山並みの彼方をみつめる年老いた両親を子供達は心配した。それならば、会社の役員として在籍させよう。少しは気持ちも違うだろうと、子供達の心遣いに甘えて役員の末席を汚しているが、年寄りの出る幕ではないと感じる事の多いこの頃だ。

幼少の頃から共に過ごして来た友人達も、一人、二人と歯の抜けたように減って行く。悲しいのは、創業当時から共に苦労してくれた退職後の社員たちの悲報に接する時だ。だが、そうした悲しみから一郎を救ってくれるのも、時折自宅を訪ねてくれる退職した社員達だ。一献傾けながら、昔の思い出話に花を咲かせるのを何よりの楽しみにしている。

あまりにも激しく変わりゆく我が身の運命。一郎は結婚以来、56年の年月を栄子と共に無我夢中で生きて来た。三人の子供達を育て、さまざまな困難を乗り越えて今日に至った。そんな日々を振り返り、栄子は、いろんな事があって楽しかったね、と笑う。その二人が、いつも関心を持っていたのは、クマの檻の前で見合いした時、あなたはどんな人生を望むのかという問いに「夢と冒険の人生を」と意見が一致して結婚に至った事だ。その後の人生は苦難の連続であったが、二人を支え続けたのは、夢と冒険の先に待つもの。それは何かを見極めてみたい。あの山並みの向こうに、きっと答えが待っている。それを見るために、長く苦しい道程を越えて来た。どんな結果が待っているのか、想像するだけで胸の高鳴りを覚える。

渾身の力を込めて乗り越えた山の彼方で、二人を待っていたものは、果てしなく続く希望への道であった。

完

〈著者紹介〉
荻野敏文（おぎの　としふみ）
昭和17年4月1日生まれ。
埼玉県の農家に、5人兄弟の長男として生まれる。
埼玉県立熊谷高校を卒業。
工員や運転手などを経て、埼玉県警察官として
本部機動隊に勤務。
その後、退職して1975年、関東陸運（株）を設立。
1992年、関東パック（株）設立。
現在、両社の代表取締役会長を務める。

山並《やまな》みの彼方《かなた》へ

2025年3月24日　第1刷発行

著　者　　荻野敏文
発行人　　久保田貴幸

発行元　　株式会社 幻冬舎メディアコンサルティング
〒151-0051　東京都渋谷区千駄ヶ谷4-9-7
電話　03-5411-6440（編集）

発売元　　株式会社 幻冬舎
〒151-0051　東京都渋谷区千駄ヶ谷4-9-7
電話　03-5411-6222（営業）

印刷・製本　中央精版印刷株式会社
装　丁　　立石 愛

検印廃止

Printed in Japan
ISBN 978-4-344-69222-0 C0093
幻冬舎メディアコンサルティングＨＰ
https://www.gentosha-mc.com/